THOMAS ZOCH

DAS DICKE DING

W0215041

Verlag Edition Hochfeld

1. Auflage
April 2017
Verlag Edition Hochfeld, Augsburg
© Verlag Edition Hochfeld
Umschlagkonzeption und -gestaltung: Verlag Edition Hochfeld
Korrektur: Susann Wendt, Haus des Buches, Leipzig
Satzherstellung: Fotosatz Amann, Memmingen
Gesamtherstellung: CPI Ebner & Spiegel, Ulm
Printed in Germany

ISBN Taschenbuch: 978-3-9818025-0-4
ISBN E-Book: 978-3-9818025-1-1
www.edition-hochfeld.de

Erstes Kapitel

Dümpel döste vor sich hin. Heute wird nichts mehr passieren, dachte der Inspektor und lehnte sich in seinem Bürostuhl zurück, die Beine ausgestreckt zum Fenster, durch das die tief stehende Nachmittagssonne erstaunlich warm hereinschien für Ende Februar. Von Schnee keine Spur. Den hatte es in Günstlingen am Bodensee in den vergangenen Wintern ohnehin immer seltener gegeben – und wenn, dann eher den pulvrigen zum Schnupfen als den wässrigen, um darauf auszurutschen. Doch auch von aktuellen Kokaindealereien war dem Kriminalinspektor nichts bekannt. Alles gut also, der Feierabend kann kommen, dümpelten die Gedanken durch Diethelm Dümpels dämmriges Hirn.

Auch die Fasnacht war ja gut überstanden, resümierte er zufrieden. Diese Mischung aus Brauchtum und Sauftum, aus Narretei und Prügelei war am Vorabend von den diversen Vereinen mit Strohpuppen verbrannt worden. Privat mochte der Inspektor die in Günstlingen wichtige sogenannte fünfte Jahreszeit durchaus. Doch beruflich konnte das närrische Getöse mit all seinen Auswüchsen schon nervig sein, mit Lärm, Scherbenhaufen und sonstigem Schwachsinn.

Nicht so in diesem Jahr, es war vergleichsweise ruhig, und Dümpel tendierte immer mehr vom Döszustand zum Tiefschlaf … was durch ein hämmerndes Klopfen an seine Bürotür jäh gestört wurde. Der Inspektor schreckte auf und verlor fast den Halt auf seinem Stuhl. Die Wintersonne, das Kokain, die Narren, das passt doch alles irgendwie gar nicht zusammen, schoss es ihm durch den schläfrigen Kopf. Das wäre ja schon ein dickes Ding, wenn es da einen Zusammenhang gäbe. Mit diesen abwegigen träumerischen Gedanken öffnete er die Augen – und sah seine Sekretärin Frau Kleinschmidt, die den Kopf zur Tür hereinstreckte. »Der Herr Marlowski wäre jetzt da«, sagte sie.

Dümpel war dummerweise sofort wieder hellwach, denn das Konjunktiv-Gequatsche der Frau Kleinschmidt ging ihm schon lange gegen den Strich. »Wenn der Herr Marlowski tatsächlich da wäre, dann könnten sie ihn ja theoretisch hereinbitten«, erwiderte er genervt. »Er steht direkt hinter mir«, erklärte die Kleinschmidt kleinlaut. Chantal heißt die mit Vornamen, fiel es Dümpel ein. Da hatten die Eltern wohl einen seltsamen Sinn für Humor. Chantal ist doch wirklich ein bezaubernder Name. Für diese kleinkarierte Kleinschmidt würde besser Isolde passen, dachte Dümpel, oder noch besser Kunigunde. Haha, lachte er innerlich. Die Initialen KK klingen ja fast wie Kacke.

Diesen Marlowski hatte Dümpel vor lauter Vorfreude auf den Feierabend ganz vergessen. Der hatte aber auch schon irgendwann am Vormittag angerufen. Dümpel war da gerade in die Akte eines ungeklärten Kriminalfalls vertieft gewesen: »Einbruchdiebstahl in eine Metzgerei in der Kirchgasse. Die Täter müssen einen Kühlwagen dabei gehabt haben, denn es wurden große Mengen Fleisch, Schinken und Wurstwaren entwendet« … blablabla, hieß es in dem Bericht der Polizeistreife, die vor Ort gewesen war. Vermutlich Narren, die hungrig waren, hatte Dümpel gerade gedacht, denn der Einbruch war just am Schmotzige Dunschtig begangen worden, dem ersten, wichtigsten und wildesten Tag der Fasnacht, als plötzlich sein Telefon klingelte und ihn die Kleinschmidt annäselte: »Ein Herr Felix Marlowski, Detektiv aus Stanz, wäre in der Leitung und bäte um einen Gesprächstermin.« Dümpel hatte da nur hastig gesagt: »Ja, ja, er kann am Nachmittag kommen«, damit das Gespräch mit der Nervensäge rasch beendet war.

Und nun war er halt da, dieser Marlowski, was immer der auch wollte. Dümpel, von seinen KK-Gedanken erheitert, meinte daher grinsend zur Kleinschmidt: »Da er also hinter Ihnen steht und nicht stünde, wären Sie eventuell so freundlich und würden zur Seite treten?« Und übertrieben fröhlich begrüßte Dümpel dann auch den ihm fremden Gast: »Hallo, was kann ich für Sie tun?« Wobei er im nächsten Moment realisierte, dass dies eher unangebracht war, weil sein Besucher alles andere als heiter wirkte. »My name is Felix Marlowski«, sagte dieser mit strengem Unterton. »Ich bin ein Detektiv.«

Und eine stattliche Erscheinung, dachte Dümpel. Zwar nicht allzu groß, aber breitschultrig und schlank, das braune Haar mit adrettem Seitenscheitel nach hinten gegelt, das Gesicht eher schmal mit markanten Backenknochen und einer allerdings etwas großen Nase. Marlowski trug einen schwarzen Anzug, ein dunkelblaues Hemd mit schwarzer Krawatte und spitz zulaufende, schwarze Schuhe. Der sieht aus, als käme er von einer Beerdigung, dachte Dümpel.

»Ich komme gerade von einer Beerdigung«, sagte Marlowski mit einem Anflug von Lächeln im ansonsten stoischen Gesicht, als hätte er die Gedanken seines Gegenübers erraten. »Oh, das tut mir leid«, beeilte sich Dümpel, Anteilnahme zu heucheln. »Jemand, der Ihnen nahestand?« Nun lächelte Marlowski tatsächlich, aber irgendwie zynisch. »No, no, ein Fall, ein Bastard!« Dümpel fühlte sich spontan erleichtert, auch wenn es dafür eigentlich keinerlei Grund gab. »Also, wie kann ich Ihnen helfen?«, fragte er hastig, weil ihm die Situation immer unangenehmer wurde – und schließlich auch der Feierabend nahte.

»Sehen Sie, es ist a bit strange«, erklärte Marlowski, »also seltsam, you know?« Dümpel verstand zwar bislang noch gar nichts, nickte aber verständnisvoll zustimmend. »Dieser Tote, Peter Waller, well, der hat seine Frau betrogen«, berichtete Marlowski. »Das war ein fucking Bastard!« Dümpels Gedanken schweiften kurzzeitig ab: Vielleicht hat der auch die Metzgerei ausgeraubt. Und wurde von heißhungrigen Narren niedergemetzelt. Und die Wurstwaren wurden dann auf dem Schwarzmarkt gegen Kokain getauscht, driftete Dümpel kurzzeitig zurück in den Dämmerzustand.

Marlowski schien ihm auch das anzusehen. Denn mit mürrischem Unterton fuhr er energisch fort: »Ich habe diesen Waller observiert, a few weeks, im Auftrag seiner Frau. Mein Boss, die Detektei Gfrier in Stanz, macht solche Jobs als special.« Dümpel nickte erneut. »Und wo liegt das Problem?«, fragte er. »Well, dieser Waller war ein Fucker«, erklärte Marlowski und schaute nun plötzlich sehr ernst. »Und er war nicht nur in Stanz, where he lived, aktiv, sondern auch hier in Günstlingen.« Dümpel wurde eine Spur aufmerksamer. »Aber dann er war plötzlich dead, mit sechsunddreißig Jahren. Das ist doch strange!«, betonte der Detektiv.

Dümpel geriet dabei tatsächlich ins Nachdenken. »Kennen Sie denn die Todesursache?« Marlowski setzte wieder das zynische Grinsen auf. »Er lag dead im Bett, einfach so.« Dümpel nickte bedächtig. »Also vermutlich Herzinfarkt.« Marlowskis Grinsen wurde breiter. »Vielleicht er ist auch ertrunken im Bett, soll vorkommen. So war es doch in dieser Krimikomödie ›Charade‹ mit Cary Grant und Audrey Hepburn.« Dümpel stutzte kurz und hob die Augenbrauen, ehe ihm die Ironie klar wurde. »Sie vermuten also eine unnatürliche Todesursache?« Marlowski legte den Kopf etwas schräg und schaute Dümpel fragend an.

Der Inspektor verstand: Natürlich, was sonst. »Könnte

denn die Frau von diesem, wie hieß er noch …?« »Waller, fucking Bastard Peter Waller!« »… könnte denn sie etwas damit zu tun haben? Sie war schließlich die Betrogene.« Marlowski schüttelte bestimmt den Kopf. »I don't think so, sie hat ein Handicap, you know, sie ist eine lame duck.« Dümpel nickte. »Sie ist also gelähmt.« Marlowski schüttelte erneut den Kopf. »No, no, sie ist, how shall I say, irgendwie handlungsunfähig, weiß sich nicht zu helfen, so wie manchmal der US-President«, sagte er grinsend.

»Verstehe. Also dann kommen wohl eher die Ehemänner der Frauen infrage, mit denen dieser Waller etwas hatte.« Marlowski grinste wieder. »Dieser Bastard war sehr aktiv, you know. Ich habe ihn mit elf Frauen gesehen, alle married. Und auf dem Friedhof, im Hintergrund, waren ein paar der Männer. Sie sahen nicht traurig aus.« Dümpel wurde noch nachdenklicher. »Wir könnten die natürlich alle überprüfen, aber der Verdacht ist allerdings schon etwas vage. Vielleicht hat sich dieser Waller auch einfach übernommen mit seinen Liebesabenteuern, vielleicht hatte er tatsächlich ein schwaches Herz.« Marlowski schaute wieder ernster – und verständnislos. »Oder ertrunken im Bett, you know«, sagte er mit bitterem Unterton.

Dümpel fragte sich plötzlich, warum sein Gast eigentlich ständig englische Ausdrücke verwendete. Marlowski schien auch diesen Gedanken zu erraten. »You see, ich komme aus den USA. Dort wir denken nicht so viel nach, wenn ein solcher Bastard plötzlich dead ist. Das ist einfach strange.« Dümpel nickte erneut verständnisvoll – und schaute heimlich auf seine Armbanduhr. Ich muss diesen Typen jetzt mal langsam loswerden, dachte er, sonst verpasse ich am Ende doch noch den Feierabend. Diese Geschichte klingt einfach sehr abenteuerlich. Dümpel überlegte gerade, wie er Marlowski möglichst höflich verabschieden könnte, als ihn unverhofft ein Doppelschlag traf. Denn der US-Detektiv zog plötzlich einen unerwarteten Trumpf aus dem Ärmel. »One of these guys auf dem Friedhof, I think you know him. Er heißt Frank Schimmelmann.« Dümpel fiel erneut fast vom Stuhl. »Unser OB? Sie wollen sagen, dieser Waller hatte was mit der Frau unseres Oberbürgermeisters?«

Marlowski lächelte selbstzufrieden über diesen Knalleffekt – und erschrak dann im nächsten Moment ebenso. Denn aus dem Nebenzimmer ertönte plötzlich eine dröhnende Stimme: »Ja, wos iss denn dös?« Dümpel setzte, noch immer leicht schockiert, zur Erklärung an: »Das ist der Kollege Wachtmeister Franz Dimpflmoser, der kommt aus Bayern«, als plötzlich die Kleinschmidt die Tür aufriss und dem Feierabend endgültig den Todesstoß verpasste, indem sie vermeldete: »Wir hätten da eine Wasserleiche am Ufer des Raußens.«

Zweites Kapitel

»Das gibts doch gar nicht!«, tobte nun Dümpel, völlig überrumpelt von dieser Hiobsbotschaft. »Woher wollen Sie denn das wissen?«, blaffte er die Kleinschmidt an. Marlowski blickte fragend hin und her. Tatsächlich war der Kriminalinspektor eigentlich ein gemütlicher, humorvoller Mensch, was man ihm auch irgendwie ansah. Er war mit gut ein Meter siebzig weniger in die Höhe, dafür aber mit einigen Rundungen um Hüfte und Bauch eher in die Breite gewachsen. Das grau melierte Haar war für einen Mann mit Mitte fünfzig noch erfreulich dicht, und um die schmalen Augen spielte oft ein verschmitztes Lächeln.

Davon war freilich in seinem aktuellen Zustand wenig bis gar nichts zu sehen, was sich durch die Antwort der Kleinschmidt in keiner Weise verbesserte. »Die Meldung kam eben herein«, sagte sie in erstaunlicher Klarheit – und verfiel dann wieder in ihren Konjunktiv-Quatsch. »Eine Streife wäre schon unterwegs zum Fundort. Und Ihr Wagen stünde bereit. Allerdings müssten Sie selber fahren, weil Ihr Assistent, der Herr Schmutzler, noch im Faschingsurlaub wäre«, wobei sie im nächsten Moment zurückzuckte, weil Dümpel brüllte: »Das heißt hier Fasnacht, nicht Fasching.«

Der Inspektor lief mittlerweile nervös in seinem Büro umher. Doch dann kam er allmählich zur Besinnung. Es hilft ja alles nichts, der Feierabend ist hin. Erschwerend hinzu kam freilich, dass dieser Schmutzler als Vorstandsmitglied in irgend so einem Narrenverein noch seinen Rausch ausschlafen musste, weshalb sich Dümpel spontan an seinen Gast Marlowski wandte: »Wollen Sie mitkommen? Vielleicht haben wir es hier mit einem richtig dicken Ding zu tun. Und vielleicht ist darin Ihr fucking Bastard verwickelt«, spekulierte Dümpel. Marlowski nickte und grinste. »Let's go!«

Der Raußen floss zwar ganz in der Nähe des Polizeipräsidiums aus dem Bodensee, aber der Fundort der Wasserleiche war am Stadtrand von Günstlingen, in der Nähe des früheren Wasserwerks, in ziemlich unwegsamem Gelände. Während Dümpel seinen Polizei-Golf in Zivil, aber mit Blaulicht, durchs Gewerbegebiet lenkte, erfuhr er von der vorgeschickten Streife, die das Areal absperrte: »Es handelt sich um eine Frau, etwa dreißig bis vierzig Jahre alt, nackt. Sie hat sich mit dem Rücken nach oben im Gestrüpp am Flussufer verfangen.«

Verdammt noch mal, dachte Dümpel. Warum konnte sich diese Tussi nicht weiter flussabwärts verheddern? Wieso ist die nicht abgetrieben worden bis nach Stanz oder – noch besser – ins angrenzende Ausland? Dann könnte ich längst mein Feierabendbier in meiner Stammkneipe schlürfen. Angesichts der unliebsamen Umstände, die nun mal zu akzeptieren waren, steuerte Dümpel dann plötzlich in eine neue Denkrichtung. »Kann es sein, dass wir es hier tatsächlich mit einem Opfer Ihres fucking Bastards Waller zu tun haben?«, wandte er sich an Marlowski. »Ich meine, vielleicht gab es eine Frau, die keine Lust mehr hatte auf Versteckspiele und die ihn unter Druck gesetzt hat«, wobei Dümpel plötzlich ein gruseliger Gedanke durch den Kopf schoss. Am Ende ist es möglicherweise sogar die Frau von unserem OB. Fast wäre er dabei über den Randstein gefahren, so erschrocken war er über diese Möglichkeit. Aber nein, das konnte eigentlich nicht sein, versuchte er sich zu beruhigen. Wenn diese vermisst würde, hätte er sicher schon davon erfahren. Marlowski, der die merkwürdige Erregung des Inspektors wahrgenommen hatte, zuckte mit den Schultern. »Maybe, wir sollten uns diese Frau anschauen.«

Das war jedoch gar nicht so einfach, denn der Fundort lag an einer schwer zugänglichen Stelle, an einem etwa zehn Meter hohen Hang. Und die Fahrt dorthin war beschwerlich, führte über einen holprigen Feldweg und zahlreiche Schlaglöcher. Am Ziel angelangt stellte Dümpel fest, dass die weit unten am Wasserrand liegende Leiche irgendwie aufgeschwollen, aber dennoch zugleich runzlig aussah. Vermutlich hänge sie dort schon eine Weile, ein Spaziergänger habe sie aber erst jetzt entdeckt, erfuhr der Inspektor von einem der Spurensucher. »Wir waren noch nicht unten, Sie sollten sich das schließlich als Erster anschauen. Aber ich denke, wir brauchen die Höhenrettungsgruppe der Feuerwehr, um Sie und uns abzuseilen.« Dümpel nickte. »Ja, rufen Sie die her, so schnell wie möglich!«

Der Inspektor spähte hinunter. Viel mehr, als er bereits erfahren hatte, konnte er dabei allerdings auch nicht erkennen. Immerhin, so stellte er erleichtert fest, die Frau Schimmelmann war es wirklich nicht. Denn diese hatte rotbraune Haare, und die da unten war knallblond. Deshalb wandte er sich erneut an Marlowski: »Kennen Sie die Frau? Ist das eine von Wallers Gespielinnen?« Der Detektiv schaute Dümpel fragend an. »What?« Der Inspektor kapierte, dass seine Wortwahl wohl etwas unverständlich war für den US-Detektiv, und erklärte: »Ich meine eine der Frauen, mit denen dieser Waller im Bett war.« Marlowski spähte ebenfalls in die Tiefe. »I don't know. Die schaut irgendwie strange aus.«

Na super, das hatten wir ja schon, dachte Dümpel. Für den ist offenbar fast alles strange. Eine große Hilfe wird dieser Marlowski nicht sein, folgerte er daraus. Aber das war er bereits gewohnt – von seinem Assistenten Gregor Schmutzler, den er für eine grandiose Orgelpfeife hielt. Der ist nicht nur an der Fasnacht ein Narr, sondern kann auch beruflich einen Witz nicht von der Realität unterscheiden, meinte Dümpel.

»Das ist wohl ein schlechter Witz!«, rief da plötzlich einer der Streifenpolizisten, der die Höhenrettungsgruppe nicht abgewartet hatte und selbst den Hang hinunter geklettert war. Dümpel, Marlowski und die Spurensucher spähten erneut in die Tiefe. »Das ist eine verdammte Sexpuppe, so ein aufblasbares Ding«, rief der Polizeibeamte nach oben. »Sie hat aber offenbar irgendwo ein Loch und deshalb etwas Luft verloren.«

Na das erklärt immerhin, warum sie aufgeschwollen und zugleich runzlig aussieht, dachte Dümpel, und das Thema »fucking Bastard Waller« hatte sich damit für ihn erledigt. Der hat vermutlich nicht auch noch den Besitzer dieser Gummigrazie betrogen, weshalb er zu Marlowski meinte: »Das wars dann wohl.« Der Detektiv sah das allerdings anders. »Waller hat keinen Dummy gebraucht, that's for sure. Er hatte Frauen genug. Aber er ist immer noch dead!«

Ja, ja, er war durch und durch ein Fucker, alles klar, dachte Dümpel, der zunehmend erleichtert war, dass es sich bei der vermeintlichen Wasserleiche um eine Gummipuppe handelte. So war der Feierabend doch noch nicht ganz verloren. Diese Sexpuppenleiche ist vermutlich eine Folgeerscheinung der Fasnacht, kombinierte Dümpel. Irgendein notgeiler Narr hat wohl seine Liebste auf diese Weise entsorgt, weil ihr die Luft ausgegangen ist.

»Sollen wir Fingerabdrücke von der Puppe nehmen?«, fragte plötzlich einer der Spurensucher den Inspektor. »Na klar«, sagte Dümpel freudig überrascht, »und suchen Sie auch nach Spermaresten. Vielleicht können wir damit einen DNA-Abgleich machen, und der Täter ist in unserer Verbrecherkartei. Es handelt sich schließlich um eine illegale Entsorgung von Müll – und das im Naturschutzgebiet. Und

Sie sollten auch das ganze Areal absuchen nach weiteren Spuren – wie etwa Kippen von der Zigarette danach oder Fasern von einem Fasnachtshäs«, betonte der Inspektor. Der Spurensucher war sichtlich beeindruckt von diesen klaren Anweisungen. »Okay, das machen wir«, sagte er, worauf Dümpel plötzlich in Gelächter ausbrach. »Mensch, das war ein Scherz«, sagte er. »Lassen Sie aus dieser blöden Puppe die Luft komplett raus und stopfen Sie sie in einen Müllsack!«

*

Auf dem Rückweg zum Auto fragte Marlowski Dümpel: »Was ist denn nun mit diesem Waller?« Der Inspektor schüttelte den Kopf. »Was soll ich denn Ihrer Meinung nach machen? Soll ich den exhumieren lassen und eine Autopsie in Auftrag geben?« Marlowski grinste: »Das wird schwierig, but vielleicht Sie finden Reste von Gift in seiner Asche.« Dümpel fühlte sich von dieser Antwort in seiner ablehnenden Haltung bestätigt, wollte aber nicht unhöflich sein. »Sie vermuten also einen Giftmord?«, fragte er den Detektiv. Und der antwortete prompt: »Well, er hatte keine Kugel im Kopf und kein Messer im Bauch.«

Dümpel überlegte kurz, bis ihm das nächste ablehnende Argument in den Sinn kam. »Wer hat denn den Tod von diesem Waller festgestellt? Das war doch sicher nicht der Briefträger?« Der Inspektor lachte innerlich über diesen Einfall – und wurde prompt überrumpelt. »Nein, es war der Postbote«, erklärte Marlowski. Dümpel blieb verdutzt stehen. »Well, dieser Bote hatte ein Paket«, so Marlowski, »und der brauchte die Empfangsunterschrift von Waller.« Auf sein Klingeln habe es keine Reaktion gegeben, die Haustür sei aber nur angelehnt gewesen, deshalb sei der

Postbote hineingegangen und habe nach den Bewohnern gerufen, berichtete Marlowski. Und da habe er im Schlafzimmer den toten Waller gefunden. »Sagt er!«

Dümpel war plötzlich wieder interessiert. »Wieso war die Tür nur angelehnt? Das hatten Sie bisher gar nicht erwähnt.« Marlowski verstand, dass der Inspektor wohl etwas falsch interpretierte. »Frau Waller war in den Keller gegangen und hatte die Tür offen gelassen.« Dümpel war dennoch von den neuen Erkenntnissen etwas verwirrt. »Und ein Notarzt wurde nicht gerufen?«, fragte er irritiert. »Doch, of course«, sagte Marlowski, »aber zuvor war bereits ein Bestattungsunternehmen da gewesen und hatte den dead body in einen Sarg gepackt. Der Doc hat den Deckel dann nur kurz geöffnet und gesehen: Da ist keine Wunde. Sagt Frau Waller!«

Dümpel stutzte. »Wieso war der Notarzt denn erst so spät da?« Marlowski zuckte mit den Schultern. »I don't know. Vielleicht er hatte viel zu tun. Es war dieser Schmatzig Danzig oder wie das heißt.« Der Inspektor schüttelte den Kopf. »Schmotziger Dunschtig«, berichtigte er ihn und dachte: Mist, da wars an der Fasnacht wohl doch nicht so ruhig, wenn der Notarzt nicht mit dem Verarzten hinterherkam.

Dümpel wurde wieder nachdenklicher, das klang alles in der Tat etwas strange. »Also, wenn es sich tatsächlich um einen Mordfall handeln sollte, dann könnte es möglicherweise sogar der Postbote gewesen sein. Kannten Sie den? Hatte Waller auch mit dessen Frau etwas – ich meine Sex? Das wäre doch ein Top-Motiv!« Marlowski schüttelte den Kopf. »I don't know, maybe. Das wäre dann Nummer zwölf. Und Waller war wirklich sehr aktiv. Aber ich denke, es wäre etwas dumm, den Mann zu töten und dann zu schreien.«

Dümpel war irgendwie erleichtert, dass dieser Marlowski

mal selbst eine Mordtheorie ausschloss. Der Vollständigkeit halber fragte er aber noch: »Was war denn eigentlich in dem Paket?« Marlowski grinste wieder. »Das, was Waller vor allem brauchte: Kondome, extra reißfest!« Dümpel musste lachen, ohne wirklich zu wissen, warum. Doch im selben Moment dachte er: Das ist doch alles Käse! Dieser Typ hat seine Frau betrogen und ist dann überraschend gestorben. Na und? Ob nun der Postbote oder sonst wer das festgestellt hat, spielt doch eigentlich keine Rolle. Er ist eingeäschert und begraben. Und er hatte wirklich keine Lust, sich noch weiter mit den Hirngespinsten dieses Detektivs zu befassen. »Okay«, sagte Dümpel daher, »ich sehe aber trotzdem keinen Anhaltspunkt für weitere Ermittlungen.«

Auf der Rückfahrt zum Polizeipräsidium trällerte er einen alten Schlager von Peter Alexander vor sich hin: »Feierabend, das geht wie Honig runter!« Marlowski schaute zum Fenster raus. Dümpel fuhr in eher gemütlichem Tempo, sodass der Detektiv die Umgebung in Ruhe anschauen konnte. Nach dem Gewerbegebiet ging es vorbei an einigen kubusartigen Flachdachneubauten, Wohn- und Geschäftshäusern und schließlich an stattlichen älteren Gebäuden aus der ersten Hälfte des zwanzigsten Jahrhunderts. Das eigentlich Besondere an Günstlingen, die Altstadt mit dem tausend Jahre alten Dom, den teils engen Gassen, etlichen Museen, vielen Lokalen sowie kleinen Geschäften und ein paar Einkaufstempeln lag aber auf der anderen Seite des Raußens.

»Also, es hat mich sehr gefreut, Sie kennenzulernen«, heuchelte Dümpel, als er sich von dem Detektiv verabschiedete, »aber ich gehe jetzt in den Feierabend.« Marlowski runzelte die Stirn. »So heißt meine Stammkneipe, müssen Sie wissen«, fügte Dümpel fröhlich an.

*

Im Bistro Feierabend war Schneckenessen angesagt, was am Aschermittwoch zum Abschluss der Fasnacht für viele eine Art Ritual war. Dümpel grauste es beim bloßen Gedanken, sich diese schleimigen Dinger einzuverleiben. Aber nach dem, wie dieser Tag gelaufen war, hatte er sowieso keinen Hunger mehr. Und im Feierabend war auch nicht viel los – da gab es sozusagen ein Schneckenrennen ums Schneckenessen. Dümpel war das gerade recht. Er wollte nur in Ruhe sein Feierabend-Bier süffeln. Oder zwei oder drei. Irgendwann kam dann noch der »Professor« ins Lokal. Dümpel nannte den so, weil dieser Stammgast irgendwas an der Hochschule arbeitete. Was genau und wie er hieß, wusste Dümpel nicht. Das war egal. Er wusste nur, dass der »Professor« fast jeden Abend kam, jeweils genau zwei Weizenbier trank und dann wieder in die Nacht verschwand. Das machte ihn sympathisch. Ein Mann mit Prinzipien, dachte Dümpel.

Sie unterhielten sich wie so oft über Fußball, wovon der »Professor« noch weniger verstand als Dümpel. »Die Bayern kaufen Dortmund wieder mal den besten Spieler weg«, klagte der »Professor«. Dümpel entgegnete, schon mittelschwer angesäuselt: »Ach, das ist doch ein Chancentod, aber es ist ja immer noch besser, ein paar Chancen zu versemmeln und den Torwart anzuschießen statt ihn abzuschießen.« Der weitere Dialog war ähnlich belang- bis hirnlos, weshalb er hier nicht ausführlich wiedergegeben wird.

Drittes Kapitel

Stanz war im Gegensatz zu Günstlingen, wo schon in Urzeiten Menschen gesiedelt hatten, eine eher geschichtslose Stadt. Das hatte immerhin den Vorteil, dass nicht ständig Touristen in den Fußgängerzonen im Weg standen und alte Wände anstarrten. Man konnte zügig zulaufen, wenn es auch kaum lohnenswerte Ziele gab.

Bekannt war Stanz vor allem durch seine Plinki-Nudeln, die hier in einer Fabrik hergestellt und weltweit verkauft wurden – nur seltsamerweise nicht in Norddeutschland. Auch sonst war Stanz von Industriebetrieben geprägt. Da gab es noch einen Ableger des US-Konzerns World in Pieces, dessen Spezialität riesige Puzzles von Himmelsbildern waren, die vor allem in den Observatorien auf der Kanareninsel La Palma in besonders klaren Nächten aufgenommen wurden. Die faszinierende Vielfalt von Sternen und sonstigen Himmelskörpern stellte für die besten Puzzler eine große Herausforderung dar. In der Stanzer Fabrik war es dagegen die größte Herausforderung, beim Ausstanzen der Puzzlebilder nicht zu viel Ausschuss zu produzieren. Und dann gab es noch eine Niederlassung des Schweizer Erotikunternehmens Schlüpf, das in seinem Stanzer Werk vor allem Sexpuppen und Kondome herstellte – von supersmart bis extrahart.

Die Detektei Gfrier lag mitten in der schachbrettartig angelegten Innenstadt von Stanz. Der winzige Firmenparkplatz reichte gerade mal für die Autos des Chefs und dessen Tochter, die Sekretärin Bernadette. Und weil Marlowski keine Lust hatte, ständig Parkgebühren zu zahlen, stellte er seinen alten Polo meist auf einem großen Platz außerhalb der Innenstadt ab. Deshalb kam er aber oft leicht verspätet zum Dienst – wobei dies relativ zu betrachten war. Einerseits hatten er und seine Detektivkollegen keine festen Arbeitszeiten – schließlich konnten sie nicht die Verdächtigen dazu auffordern, nur von 9 bis 18 Uhr auf Abwegen zu wandeln. Aber sein Chef Gfrier wollte nach Möglichkeit immer alle um 13.30 Uhr im Haus haben, um über die aktuelle Situation informiert zu werden.

Marlowski kam um 13.33 Uhr ins Büro, das er mit dem Kollegen Claude Bonmot teilte, einem Luxemburger, der als der Feingeist und Intellektuelle im Team galt, was man diesem nun wirklich nicht ansah. Bonmot war stark übergewichtig, das fiel aber nicht so auf, weil er zugleich fast zwei Meter groß war. An ihm war einfach alles riesig: der Kopf wie ein Basketball und die Hände wie Pfannendeckel. Eine beeindruckende Masse Mensch ist das, dachte Marlowski oft.

»Bonjour tristesse«, sagte Bonmot und grinste, »du siehst heute so ungebügelt aus.« Marlowski hatte seinen blauen Anzug an – der musste wirklich mal wieder in die Reinigung. Doch er entgegnete: »Dir auch einen schönen guten Tag, du berühmter belgischer Detektiv!« Im nächsten Moment stand bereits Josef Urs Gfrier, genannt Sepp, in der Tür. Der Chef war ein groß gewachsener, hagerer Typ mit stechendem Blick, leichtem Buckel und Hakennase. Gfrier kam aus der nahen Schweiz, aber er hatte seine Detektei in Süddeutschland gegründet, weil er hier mehr Verbrecher vermutete, was sich statistisch kaum belegen ließ. Gfrier hatte zudem eine Vorliebe für internationale Detektive. Und er hoffte stets auf den großen, spektakulären Fall. »Was haben wir heute reinbekommen?«, fragte er mit strengem Unterton. Bonmot grinste: »Heute Mittag eine Pizza grande und einen halben Liter Cola!« Er als Intellektueller konnte sich solche Scherzchen gegenüber dem Chef erlauben.

Marlowski hatte derweil einen flüchtigen Blick auf die Unterlagen geworfen, die ihm Bernadette auf den Schreibtisch gelegt hatte: »Well«, sagte er zögerlich, während er noch die Papiere las, »wir haben hier – einen Ehebruch und – noch einen Ehebruch!« Gfrier rümpfte erwartungsgemäß die Nase angesichts dieser Ausbeute. »Ist wenigstens ein lokaler Promi darin involviert?«, fragte er genervt. Marlowski warf einen weiteren prüfenden Blick auf die Unterlagen. »I dont't think so. Es geht um einen Fabrikarbeiter und um einen Lehrer.« Gfrier nickte kurz. »Okay, um den Lehrer kann sich der neunmalkluge Monsieur Bonmot kümmern. Und dem Fabrikmenschen soll sich Signore Loretto an die Fersen heften.« Luigi Loretto war Italiener und der Dritte im internationalen Schnüfflerteam.

»Und was machen Sie?«, wandte sich Gfrier an Marlowski. »Ich wollte noch mal bei Frau Waller vorbeigehen und ein paar Fragen klären.« Gfrier reagierte zunächst unbeherrscht. »Wieso denn das? Dieser Hureseckel isch doch hinüber!«, verfiel er kurzzeitig ins Schweizerische. Doch Marlowski kannte seinen Chef gut genug und wusste um dessen Sehnsucht nach einem dicken Ding. »Dieser Tod ist irgendwie strange«, sagte er und versetzte Gfrier damit in erwartungsvolle Erregung. »Aha, Sie vermuten also einen Mord. Sehr gut, sehr gut, bleiben Sie dran.«

*

Isolde Waller war umgehend am Telefon, als Marlowski anrief, als wäre sie direkt danebengesessen. Vermutlich ist ihr langweilig, dachte er. Denn sie sagte sofort, ja, er könne gern kommen, wann immer er wolle, auch jetzt gleich. Die Wohnung war in der Südstadt, außerhalb des Zentrums, allerdings nicht in einem der älteren, sanierten Mietblocks, in denen vor allem ärmere Menschen und Kleinkriminelle wohnten, sondern in einem der moderneren, schickeren Häuser. Peter Waller hatte, wenn er nicht gerade den Hahn in einem fremden Korb spielte, als Großhandelskaufmann bei einer Spedition gearbeitet. Er dürfte nicht schlecht verdient haben, dachte Marlowski. Und dabei ahnte er gar nicht, wie recht er hatte.

Schüchtern lächelnd öffnete Isolde Waller ihm die Tür. »Kommen Sie doch herein«, sagte sie hastig. »Möchten Sie einen Früchtetee?« Das hatte sie bisher jedes Mal gefragt, wenn er sie besucht hatte. Offenbar hatte sie aber nicht registriert, dass er keinen Früchtetee trank, oder sie hatte es wieder vergessen. Und so antwortete Marlowski wie jedes Mal: »No, thanks, mir wäre ein Espresso lieber.« Sie lächelte etwas verlegen – wie eine Verkäuferin in einem Schuhgeschäft, die man nach dem Schuh des Manitu fragt, dachte Marlowski spontan. »Ja, gern«, sagte sie dann plötzlich, »aber den müssen Sie sich leider selber machen. Ich kenne mich mit der Kaffeemaschine nicht aus. Die hat nur Peter benutzt. Wissen Sie, ich trinke keinen Kaffee, das macht so wach«, erklärte sie und schaute plötzlich sehr betroffen aus. Meine Güte, dachte Marlowski, diese Isolde Waller ist wirklich eine hübsche Frau, aber schon ziemlich unbeholfen und – auch wenn es hart klingt – einfach langweilig.

»Also, was wollen Sie wissen, was haben Sie noch für Fragen?«, sagte Sie plötzlich irgendwie freudig erregt. »Well«, setzte Marlowski an, »ich möchte Ihnen nicht zu nahe treten, nicht Ihre Gefühle verletzen. Sie sind schließlich in Trauer.« Da lächelte Isolde Waller. »Ach wo, der Peter war sowieso fast nie da. Jetzt ist er halt ganz weg, und ich bin eine lustige Witwe.« Dabei wirkte ihr Lächeln schon fast hysterisch.

»Well«, setzte Marlowski erneut an, »ich habe Zweifel,

dass er einfach so gestorben ist.« Isolde Waller erschrak und hörte auf zu lächeln. »Aber was denn dann?«, fragte sie und wirkte noch hysterischer. Marlowski hob besänftigend die Hände. »Cool down, es ist nur so eine Idee.« Sie beruhigte sich auch tatsächlich gleich wieder und sagte – zurück im Smile-Modus und unerwartet resolut: »Schießen Sie los!«

Marlowski fragte zunächst nach den Umständen an dem Tag, an dem ihr Mann plötzlich »dead im Bett« gelegen hatte. »Wie ich Ihnen ja schon mal erzählt habe, war ich im Keller, um eine Flasche Karottensaft hochzuholen«, plapperte sie drauflos. »Der ist gut für meine Haut. Peter mochte das nicht. Das heißt, meine Haut mochte er schon.« Sie lächelte plötzlich wieder schüchtern. »Aber Karottensaft mochte er nicht.« Und dabei wirkte sie erneut betroffen, als habe sie das persönlich verletzt. »Nun ja«, fuhr sie sichtlich verunsichert fort, »und als ich die Treppe hochkam, bin ich zunächst total erschrocken, weil dieser Postbote in der Wohnungstür stand. Und als der mir sagte, dass Peter tot sei, war ich völlig durcheinander. Das kann man doch verstehen!«, sagte sie plötzlich wieder ganz resolut. Marlowski nickte. »Natürlich, absolut normal.« Isolde Waller nickte ebenfalls. »Aber als ich ihn dann da liegen sah, wurde ich auf einmal ganz ruhig, fast als wäre ich selber gestorben«, erzählte sie immer leiser werdend.

Marlowski versuchte, aus dem emotionalen Karussell auszubrechen und zu den für ihn wirklich wichtigen Fragen überzugehen. »Warum war denn der Bestattungsunternehmer vor dem Notarzt da?« Isolde Waller lächelte seltsam entrückt. »Ja, sehen Sie, das war merkwürdig. Erst war ich völlig durcheinander, und dann war alles plötzlich ganz klar. So wie er es prophezeit hatte.« Marlowski stutzte: »Wie wer was prophezeit hatte?« Isolde Waller schaute ihn nun geradezu gütig herablassend an. »Na er, Peter! Er hatte das irgendwie vorausgesehen. Erst vor ein paar Tagen hatte er zu mir gesagt: Isolde, mein Schatz, wenn ich sterben sollte, dann rufe bitte sofort den Bestattungsunternehmer, der mich unter die Erde bringt. Ich möchte nicht, dass irgend so ein junger Doktor mich aufschneidet.«

Marlowski war ebenso irritiert wie alarmiert. »Hat er sich denn bedroht gefühlt von somebody?« Isolde Waller lächelte weiter seltsam nachsichtig. »Aber nein, wer hätte ihm was Böses tun sollen?« Das konnte Marlowski nun wirklich nicht verstehen. Der Typ hatte seine Frau nach Strich und Faden betrogen. Sie hatte schließlich deswegen ihn beauftragt, ihm hinterherzuschnüffeln. Und nun sprach sie über ihn wie über einen heiligen Märtyrer, der seinen Tod vorausgeahnt hatte. Der Detektiv bemühte sich, seine Gedanken zu ordnen. Und er kam zu dem Schluss: Ich muss diese Frau mit der ganzen Wahrheit konfrontieren, auch wenn es brutal ist. »Well«, sagte er, »Ihr Peter hat mit mindestens elf anderen Frauen Sex gehabt. Einige der Ehemänner haben sicher davon gewusst. Und einer von diesen könnte sein Mörder sein! Wer kommt da infrage?«

Isolde Waller wirkte zunächst etwas perplex, fing sich aber überraschend schnell und lächelte wieder verständnisvoll. »Natürlich haben einige Ehemänner davon gewusst. Zum Beispiel dieser OB aus Günstlingen, Schimmelreiter, oder wie der heißt. Aber warum sollten die Peter umbringen wollen? Schließlich hat er doch deren Ehefrauen glücklich gemacht!«

So konnte man es natürlich auch sehen, dachte Marlowski. Aber ihm war klar, dass er all diese betrogenen Ehemänner überprüfen musste, zumindest diejenigen, die Bescheid wussten. Und ihm war ebenso klar, dass er dabei nicht auf die Unterstützung der für Mord zuständigen Kripo in Günstlingen hoffen konnte. Dieser Inspektor Dümpel hatte ihm deutlich genug zu verstehen gegeben, dass ihn der Fall Waller nicht interessierte.

»Wollen Sie vielleicht jetzt einen Früchtetee?«, fragte ihn Isolde Waller plötzlich. Und als Marlowski sie nur skeptisch ansah, fügte sie noch an: »Oder vielleicht ein paar Kondome? Davon habe ich ein ganzes Paket voll.« Der Detektiv lehnte beides dankend ab und verabschiedete sich. »Sie dürfen jederzeit gern wiederkommen«, sagte Isolde Waller dann noch, nun wieder schüchtern lächelnd, als er zur Tür hinausging.

Auf dem Rückweg kam Marlowski spontan die Idee, einen Test zu machen. Er stoppte bei einem Schuhgeschäft und ging hinein. »Haben Sie den Schuh des Manitu?«, fragte er eine Verkäuferin. Sie lächelte etwas verlegen.

Viertes Kapitel

Dümpel war am Morgen nach dem Aschermittwoch etwas verkatert ins Büro gekommen. Und das nicht nur wegen der diversen Biere, die er im Feierabend gebechert hatte, sondern auch weil die örtliche Zeitung, der Seebote, die Gummipuppen-Geschichte genüsslich zu einer Glosse verarbeitet hatte – gipfelnd in dem Fazit: »Da hatte die Kripo wenigstens mal einen schnellen Ermittlungserfolg.« Wobei er vor allem sauer war auf die Kollegen in der Pressestelle, weil sie diese peinliche Episode überhaupt herausgegeben hatten.

Aber immerhin blieb es an diesem und dem folgenden Tag recht ruhig. Und das Wochenende war auch schon nah. Dümpel nahm sich daher die Akten von ein paar ungelösten Fällen aus jüngster Zeit vor. Da war zum einen ein »Raubüberfall in der Fußgängerzone. Einer alten Dame wurde am Freitag gegen 14.30 Uhr in der Fußgängerzone, nahe dem Kaufhaus Wollwelt, ihr Dackel entrissen.« Dümpel stutzte. Wer klaut denn einen Dackel? Vielleicht ein hungriger Chinese, die essen angeblich alles, was vier Beine hat, dachte er und schmunzelte. »Der Dackel hört auf den Namen Siegfried, so hieß der verstorbene Gatte des Opfers.« Oje, der arme Hund, dachte Dümpel. Da geht es ihm jetzt vielleicht sogar besser als bei Frauchen. »Die alte Dame hatte Siegfried in einem kleinen Leiterwagen sitzend an einer Leine hinter sich hergezogen. Der Täter muss sich heimlich von hinten angeschlichen haben.« Was denn sonst, dachte Dümpel genervt. Er wird sicher nicht gerufen haben: Traritrara, der Räuber ist da! »Plötzlich entriss er der alten Dame die Leine und ergriff das Leiterwägelchen. Es gelang dem Täter, zwischen den einkaufenden Menschen in der Fußgängerzone in Richtung Dom zu entkommen. Siegfried habe furchtbar geschrien, erklärte das Opfer.« Was soll denn der Quatsch, regte sich Dümpel auf. Ein Hund kann doch nicht schreien! Diese alte Dame war wohl etwas verwirrt, was der Bericht auch prompt bestätigte. »Das Opfer war so geschockt, dass es nur eine vage Täterbeschreibung geben konnte. Der Mann sei zwischen zwanzig und fünfzig Jahre alt gewesen, habe dunkle Haare gehabt und sei sehr groß gewachsen, wobei dies die ältere Dame vielleicht falsch eingeschätzt hat, weil sie selbst nur circa 1,50 Meter groß ist. Der Dackel Siegfried wird wie folgt beschrieben: kurze Beine, braunes Fell, spitze Schnauze und ondulierte Ohren.« Dümpel schreckte auf, als er das las. Ondulierte Ohren? Das ist ja furchtbar! Ich glaube, das ist eher ein Fall für den Tierschutzverein, folgerte er und legte die Akte rasch beiseite.

Was haben wir denn noch, dachte er etwas angespannt und griff sich den nächsten Bericht: »Körperverletzung vor einem Tanzlokal im Gewerbegebiet.« Meine Güte, aus welchem Jahrhundert stammt denn der Streifenpolizist, der das geschrieben hat? Hat der noch nie was von Großraumdisco gehört? »Auf dem Parkplatz des Tanzlokals In and Out kam es am späten Samstagabend gegen 23.30 Uhr zu einer Auseinandersetzung zwischen drei jungen Männern. Zwei der jungen Männer verhielten sich dabei aggressiv gegen den dritten jungen Mann.« Klar, dachte Dümpel kopfschüttelnd. Wieso erwähnt der das überhaupt? Aggressivität ist ja wohl die Voraussetzung bei einer Körperverletzung. »Die beiden Tatverdächtigen hatten aus den Sanitäranlagen des Tanzlokals Klopapierrollen entwendet und benutzten diese als Wurfgeschosse gegen das Opfer. Dieses wurde von einer der Rollen so hart getroffen, dass es Nasenbluten bekam.« Dümpel kam aus dem Kopfschütteln gar nicht mehr heraus.

Diese Welt wird immer bekloppter, dachte er. »Ein Wachmann des Tanzlokals meldete das Vorkommnis bei der Dienststelle. Beim Eintreffen der Streife waren die Tatverdächtigen aber bereits entwichen. Die Klopapierrollen hatten sie zurückgelassen, diese lagen auf dem Parkplatz und waren nur leicht verschmutzt. Nach Entfernen der äußersten Blättchen konnten sie zur weiteren Verwendung in die Sanitäranlagen des Tanzlokals zurückverbracht werden. Die beiden Tatverdächtigen waren nach Angaben des Opfers alkoholisiert.« Das war der Beamte, der diesen Mist geschrieben hat, offenbar auch, dachte Dümpel genervt. »Nähere Angaben zu den Tatverdächtigen konnte das Opfer nicht machen, sie seien als Bäume maskiert gewesen.«

Dümpel schaute fragend. Was ist denn das für eine merkwürdige Aussage? Aber dann fiel ihm ein: Klar, das war am Fasnachtssamstag. Und ganz offenbar war es an der Fasnacht wirklich nicht so ruhig gewesen, wie er gedacht hatte. Wie auch immer: Diese blödsinnige Attacke war wohl kaum aufzuklären, nachdem die Narretei rum war. Die beiden Spinner werden sicher nicht nach wie vor als Bäume herumlaufen oder im Wald stehen, dachte Dümpel und legte – zunehmend frustriert – auch diese Akte zur Seite.

Und so landete er schließlich wieder bei dem Einbruchdiebstahl in einer Metzgerei in der Kirchgasse am Schmotzige Dunschtig. Das war unter diesen Umständen wirklich noch ein vergleichsweise spannender Fall. »Der oder die Täter waren irgendwann nach Ladenschluss um 12 Uhr mittags und der geplanten Wiedereröffnung am Freitag um 8 Uhr in das Geschäft eingedrungen. Eine Tür an der Rückseite des Gebäudes war aufgebrochen worden, vermutlich mit einem Stemmeisen.« Moment mal, kombinierte Dümpel: Wenn die Diebe die Beute dort hinten rausgeschafft haben, wo keine Straße ist, dann müssen sie das Zeug ein längeres

Wegstück herumgeschleppt haben, um es in einen Kühlwagen oder was auch immer zu verfrachten. Auf jeden Fall müssen einige daran beteiligt gewesen sein, folgerte er. Gespannt las er weiter – und wurde prompt wieder enttäuscht. »Entwendet wurden circa acht Kilogramm Steaks, dreiundzwanzig Kilogramm Schnitzel, siebzehn Kilo Gulasch und dreizehn Kilo Hackfleisch, vier eingelegte Sauerbraten, elf Rollschinken, fünf Schwarzwälder Schinken, sieben Stangen original Mailänder Salami und neun Stangen der hausgemachten, vierzehn Ringe Fleischwurst, elf Fleischkäse, teils gebacken, teils roh, drei Bierschinken, etwa fünfzig Bratwürste, teils roh, teils gekocht, circa zwanzig Paar Wiener …«

Die stumpfsinnige Auflistung wollte kein Ende nehmen, und Dümpel wurde es fast schlecht bei der bloßen Vorstellung, er müsse das alles essen. Ich bin zwar kein Vegetarier, dachte er, aber was zu viel ist, ist zu viel. Wer klaut denn solche Mengen Fleisch und Wurst, grübelte er. Vielleicht jemand, der eine große Grillparty plant? Aber nein, dafür war es die falsche Jahreszeit. Doch dann hatte er plötzlich einen Gedanken, der ihm logisch erschien: Klar, die verhökern das in der Schweiz, wo diese Metzgerwaren viel teurer sind! Dahinter muss eine Bande stecken, kam es ihm in den Sinn. Natürlich, das ist mit Sicherheit ein Fall von organisierter Kriminalität! Darum soll sich der Schmutzler mal kümmern, dachte Dümpel und eilte zu seiner Bürotür.

Dahinter war die Kleinschmidt am Telefonieren: »Und weißt du, was mir meine Schwester noch von ihrem Mann erzählt hat? Der soll neben seinen Frauengeschichten auch noch privat merkwürdige Geschäfte gemacht haben!« Sie schreckte natürlich auf, als plötzlich Dümpel hinter ihr stand. »Sie reden beim Tratschen ja gar nicht im Konjunktiv«, stellte er süffisant fest. »Und ansonsten könnten Sie, sofern es denn möglich wäre, meinen Assistenten Gregor Schmutzler informieren, dass ich ihn gern sprechen würde«, sagte Dümpel in einer Mischung aus Befehlston und Hohn.

Schmutzler stand kurz darauf in Dümpels Büro. Er war Anfang dreißig und sehr muskulös, man sah ihm an, dass er regelmäßig eine Muckibude besuchte. Auf dem breitschultrigen Körper thronte ein vergleichsweise zu kleiner Kopf mit semmelblondem Kurzhaarschnitt. »Was gibts, Chef?«, fragte er, machte dabei zugleich aber den Eindruck, dass er keine große Lust auf Sondereinsätze hatte.

Dümpel war das egal, denn hier ging es buchstäblich um die Wurst, genauer gesagt: die Würste. »Ich habe den Verdacht, dass es sich bei dem Einbruch in diese Metzgerei um einen Fall von organisierter Kriminalität handelt«, sagte er bestimmt. »Ich möchte, dass Sie überprüfen, ob es in den vergangenen Monaten ähnliche Fälle in Süddeutschland gegeben hat.« Schmutzler stöhnte innerlich. Auch wenn es hier um die Wurst ging, so ahnte er doch, dass da am Ende nur Käse herauskommen würde. Und auch wenn Dümpel ihn für eine Pfeife hielt: In diesem Fall sollte Schmutzler recht behalten.

Fünftes Kapitel

Dümpel ahnte irgendwie, dass es ein blöder Tag werden würde – nicht nur, weil es ein Montag war. Das fing schon bei seiner Katzenwäsche am Morgen an, bei der ihm mehrfach die Seife entglitt und quer durchs Bad segelte. Als er dann mit dem Auto von seinem Parkplatz auf die Straße wollte, hätte er fast eine alte Dame mit Rollator überrollt. Und als er endlich im Präsidium angekommen war, stolperte er auf der Treppe und kippte sich den Inhalt seines Kaffeebechers über die Hose. Ich sollte eigentlich gleich wieder nach Hause, dachte Dümpel genervt. Aber es kann ja nur besser werden, machte er sich phrasenhaft Mut – oder auch nicht.

Jedenfalls wurde Dümpels düstere Vorahnung prompt bestätigt, kaum dass er auf seinem Bürostuhl saß. In der Post auf seinem Schreibtisch befand sich ein seltsames Päckchen, Absender war ein Hans Marblinger aus Stanz, der Dümpel völlig unbekannt war. Wieder so ein Typ aus Stanz – wie dieser Marlowski, fühlte er in sich Unmut aufsteigen. Können die nicht Leute in ihrer eigenen Stadt belästigen?

Dümpel öffnete vorsichtig das Päckchen. Darin war nebst einem Anschreiben ein Puzzle der Firma World in Pieces: die Milchstraße über den Kanaren in fünftausend Teilen. Auf der Schachtel abgebildet waren ein diffuses wolkenartiges Geschwabbel und unzählige Lichtpunkte im schwarzen Universum. Du liebe Güte, erschrak Dümpel, wer soll denn so was zusammensetzen? Das ist doch völlig unmöglich!

Das Anschreiben klang ähnlich diffus. »Hochverehrter Herr Kriminaloberüberinspektor Dümpel, ich bin ein kleiner Hobbydetektiv und verfolge mit großer Bewunderung schon seit Langem Ihre exorbitanten Erfolge. Da es mir leider derzeit nicht möglich ist, Sie persönlich heimzusuchen, möchte ich Sie auf diesem Wege beglücken mit diesem kleinen Geschenk. Ich bin mir sicher, Sie werden auch dieses Rätsel des Universums im Handumdrehen lösen. HochachtungsvsdluhwriuqahrhWR; hNAS Marbaöihgkerhg.«

Dümpel zuckte zurück. Da hatte diesen Marblinger, oder wie der hieß, wohl irgendwas dabei gestört, vernünftig zu unterschreiben. Aber vernünftig klang das alles sowieso nicht, eher nach einem Verrückten. Dümpel warf das Puzzle samt Anschreiben in den Papierkorb und wischte sich die Hände instinktiv an seiner kaffeebesudelten Hose ab, als könnte er damit den Irrsinn abstreifen. Doch der lauerte schon wieder im nächsten Moment.

Denn plötzlich stand sein Assistent Schmutzler in der Tür. »Chef, ich habe schlechte Nachrichten«, sagte dieser, und Dümpel dachte unwillkürlich: Darauf kommt es jetzt fast nicht mehr an. »Also, ich bin Ihrem Verdacht nachgegangen, was den Einbruchdiebstahl in der Metzgerei in der Kirchgasse anbelangt, und habe nachgeforscht«, betonte Schmutzler und kam sich dabei offenbar wichtig vor. »Aber das Ergebnis spricht gegen Ihre Theorie«, fügte er an und lächelte dabei ziemlich unverschämt. »Es gab da vor etwa drei Monaten einen Einbruch in eine Metzgerei in Krähenburg, auf der anderen Seeseite. Aber dabei wurden nur die Kasse geknackt und etwa fünfzig Euro erbeutet.« Schmutzler unterbrach kurz, um die Wirkung seiner Ausführungen auf Dümpel zu beobachten. Der tat seinem Assistenten nicht den Gefallen und verzog keine Miene.

»Tja, und dann«, fuhr Schmutzler fort, »gab es vor etwa fünf Wochen einen Zwischenfall in Huplingen, nördlich von Stanz, aber das kann man eigentlich kaum als Einbruch bezeichnen. Da wurde nachts ein Schaufenster eingeschlagen und ein teurer italienischer Schinken aus der Auslage entwendet.« Dümpel dachte kurz nach. »Da hatte der Dieb immerhin Geschmack«, sagte er und lächelte dünn. Das änderte sich aber schlagartig, als der Assistent plötzlich anfing, ein Fazit zu ziehen: »Also, wenn wir es hier mit einer organisierten kriminellen Bande zu tun haben sollten, dann war der Einbruch bei uns erst der Anfang der Serie.«

Dümpel reagierte unwirsch. Super, dachte er, wenn dieser Schmutzler schon mal eine richtige Schlussfolgerung zieht, dann ist diese so offensichtlich wie die 20-Uhr-Tagesschau. »Tja, dann bleiben Sie mal dran!«, kommandierte Dümpel mit spöttischem Unterton.

Kaum hatte Schmutzler das Büro verlassen, da ertönte wieder das durchdringende Organ von Wachtmeister Dimpflmoser aus dem Nebenzimmer: »Ja, wos iss denn dös?« Dümpel zuckte zusammen, und im nächsten Moment steckte die Kleinschmidt den Kopf zur Tür herein. »Wir hätten da noch einen größeren Fall!«, erklärte sie mit ernstem Gesicht. Doch Dümpel war nicht danach. »Ist wieder ein Dackel geklaut worden?«, fragte er süffisant. Die Kleinschmidt schaute etwas irritiert und leicht beleidigt. Und dann war Schmutzler plötzlich wieder da: »Es gibt einen Feueralarm auf Schloss Auenberg, vermutlich ein Brandanschlag! Die Feuerwehr ist schon unterwegs!«

Das Schloss lag am Nordufer des Bodensees auf einer kleinen Anhöhe und umgeben von weitreichenden Grünflächen. Eine grauschwarze Rauchwolke schraubte sich darüber rund fünfzig Meter in die Höhe. »Wie kann das sein? Das Schloss ist doch seit Jahren unbewohnt!«, wandte sich Dümpel bei der Anfahrt an seinen Assistenten. »Das ist doch genau der Punkt«, meinte Schmutzler: »Eine fahrlässige Brandstiftung oder eine technische Ursache können wir wohl ausschließen, es ist schließlich niemand im Haus.

Aber das Schloss gehört doch dieser Familie von Aufried, die im Dritten Reich engste Beziehungen zu Nazigrößen hatte. Es handelt sich also möglicherweise um einen Brandanschlag aus der linken Szene.«

Dümpel hätte diesen Quatsch fast geglaubt, doch als sie sich dem Anwesen näherten, wurde deutlich, dass nicht das Schloss selbst brannte, sondern irgendein Müllhaufen mitten auf der Wiese. Darin enthalten waren offenbar Kunststoffartikel und feuchtes Grünzeug, was den dunklen Qualm erklärte. Außerdem war ein angrenzender Gärtnerschuppen betroffen, der leicht angekokelt war. Die Feuerwehr löschte das etwas zu groß geratene Lagerfeuer rasch.

Ein Spurensucher stocherte in der Asche herum, während Dümpel auf der Wiese umher sah, und hielt plötzlich ein seltsames Gebilde in die Höhe. »Das sieht aus wie ein Kreuz«, meinte der Spurensucher, »ein schwarzes Kreuz«, und förderte zugleich ein weiteres solches Ding zutage. »Womöglich haben wir es mit religiösen Fanatikern zu tun!«, folgerte Schmutzler sofort. Dümpel schaute sich das Ganze genauer an und schüttelte dann den Kopf. »Ich denke, es handelt sich eher um verkohlte Bratwürste auf Grillstecken!« Nun schaute auch Schmutzler genauer hin und schnupperte sogar daran. »Tatsächlich! Ich tippe auf Servela.«

Ein anderer Spurensucher, der um den gelöschten Haufen herumging, rief: »Hier sind Fußspuren, sieht nach Sportschuhen aus, aber eher kleine Größe!« Dümpel sah Schmutzler zynisch grinsend an. »Vielleicht ein linksradikaler, religiöser Zwerg?« Der Assistent schaute etwas bedröppelt aus. »Wenn Sie es sagen … Sie sind der Chef.« Genau, dachte Dümpel, und wies Schmutzler und die Streifenpolizisten an, das Gelände nach verdächtigen Personen abzusuchen. Und dabei entdeckte einer der Beamten schon bald am Ende der Grünfläche ein kleines Loch in der mannshohen Hecke zum angrenzenden Wald hin. Der Polizist und Schmutzler krabbelten hindurch und spähten ins Dickicht. »Da bewegt sich was!«, rief der Polizist und zeigte auf ein Gebüsch. Schmutzler zog sofort seine Pistole: »Kommen Sie heraus, mit erhobenen Händen!«

Darauf tauchten zwei Bubenköpfe hinter dem Gebüsch auf, ein blonder und ein rothaariger, und beide völlig verschüchtert. Die Jungs trotteten den Beamten brav hinterher zu Dümpel. Der sagte mit nachsichtigem Unterton: »Also, wer seid ihr und was war hier los?« Der Blonde fing an: »Ich bin der Jens, Jens Speicher. Und das ist mein Freund Ben, wir sind beide zwölf«, sagte er und zeigte auf den Rothaarigen. »Ja«, bestätigte dieser, »ich heiße Ben Schimmelmann.«

Ach du liebe Güte, dachte Dümpel, das ist der Junior vom OB. Mir bleibt heute aber auch nichts erspart. Kurzzeitig musste der Inspektor um Fassung ringen, räusperte sich dann und fragte erneut: »Und weiter, was habt ihr gemacht?« Jens fuhr fort: »Wir haben im Wald gespielt. Plötzlich lag da eine Tüte mit Bratwürsten. Und dann wollten wir die grillen.« Ben mischte sich ein: »Aber im Wald soll man kein Feuer machen, sagt mein Vater immer.« Gut so, dachte Dümpel, wenigstens in dieser Hinsicht ein vorbildlicher OB.

»Dann haben wir gedacht, bei dem Schloss wohnt keiner, da können wir das machen«, erzählte Jens. »Und dann haben wir einfach alles, was da rumlag, auf einen Haufen geschmissen und angezündet. Aber als wir dann am Grillen waren, wurde das Feuer immer größer. Und als wir die Sirenen gehört haben, haben wir uns schnell versteckt.« Dümpel schien damit so weit zufrieden, aber er fragte noch: »Und wo sind die übrigen Bratwürste aus der Tüte geblieben?«, worauf Ben erklärte: »Die haben wir alle ins Feuer geworfen. Mein Vater sagt immer, wenn man zu viele Würste auf den Grill legt, geht die Glut kaputt. Wir dachten, das hilft«, fügte Schimmelmann Junior an.

Dümpel ließ die Jungs von einer Streife nach Hause bringen. Und zu Schmutzler sagte er streng: »Die Pressestelle soll diesen Blödsinn auf keinen Fall herausgeben!« Das war aber genauso ein Blödsinn, weil ein paar Reporter und Fotografen natürlich ohnehin schon ums Schloss herumschwirrten. Die nächste Glosse im Seeboten war gewiss.

*

Auf der Rückfahrt zum Präsidium schaute Dümpel zum Fenster raus. Was für ein schönes Wetter für so einen Tag, dachte er und fing an zu dösen. Doch im nächsten Moment war wieder Irrsinn angesagt. Über Funk kam die Meldung, in einem Waldstück nordwestlich von Günstlingen seien Leichenteile gefunden worden, zwei blutrote Fleischhaufen. Schmutzler grunzte zufrieden und drückte aufs Gaspedal. »Das klingt doch vielversprechend!«, rief er euphorisch. »Das muss ein richtiges Gemetzel gewesen sein. Der Täter hat sein Opfer regelrecht geschlachtet, die Haut abgezogen und das Fleisch portioniert, als wollte er das verspeisen.« Dümpel war fassungslos. Bisher hatte er seinen Assistenten nur für einen Idioten gehalten. Aber offenbar war der auch noch sensationsgeil und – möglicherweise – pervers.

Nach einer extrem holprigen Waldwegfahrt kamen sie zu der Stelle, an der die zwei Fleischhaufen lagen: der eine heller, der andere dunkler rot. Am Fundort waren bereits wieder Spurensucher am Werk. »Wir kamen gerade noch rechtzeitig, es wollten sich schon ein paar Wildschweine darüber hermachen«, sagte einer. Diverse Insekten krabbelten ohnehin auf dem Fleisch herum. Dümpel musste ein Würgen unterdrücken. Das ist doch alles einfach nur noch ekelhaft, dachte er. Doch dann sorgte einer der Spurensucher überraschend für Erleichterung. »Wenn mich nicht alles täuscht, handelt es sich hier nicht um Menschenfleisch, sondern ich würde mal schätzen: zehn Kilogramm Rindersteaks und zwanzig Kilo Schweineschnitzel.« Dümpel atmete durch. »Ich vermute, es sind genau acht Kilo Steak und dreiundzwanzig Kilo Schnitzel.« Der Spurensucher reagierte verwundert. »Ist nur so eine Ahnung«, fügte deshalb Dümpel an. »Und schauen Sie sich doch bitte noch etwas um. Vielleicht finden Sie dabei ein paar Schinken, Salamis und Fleischwürste.«

Die Theorie von der organisierten Fleischerbande konnte er wohl wirklich begraben, dachte Dümpel. Möglicherweise hatte ein militanter Vegetarier zugeschlagen, kam es ihm in den Sinn, aber das war eigentlich völlig egal. Bevor er die Rückfahrt antrat, rief er den Spurensuchern noch zu: »Und falls Sie einen toten Dackel finden, lassen Sie es mich wissen!«

Sechstes Kapitel

Marlowski hatte die Alibis von fünf der betrogenen Ehemänner, die auf dem Friedhof bei Wallers Begräbnis gewesen waren, überprüft. Denn die wussten mit Sicherheit, dass der Bastard sie betrogen hatte, und hatten damit ein Motiv. Die Überprüfung der Alibis war ganz einfach. Marlowski hatte sich einfach an die betroffenen Ehefrauen gewandt, und diese waren sehr auskunftsfreudig, offenbar von Schuldgefühlen geplagt. Er hatte sie jeweils ohne Umschweife mit seinem Wissen konfrontiert. Und sie reagierten alle betroffen. Besorgniserregend war dabei allerdings nicht nur, dass diese Frauen alle noch um Waller trauerten, sondern dass sie ihren Ehemännern zudem lupenreine Alibis verschafften.

»Er war zu Hause«, sagte die eine. »Er war auf Dienstreise«, erklärte die nächste. Eine weitere erläuterte: »Er wollte es mir heimzahlen und hat sich nach Malle verabschiedet, um selbst Spaß zu haben.« Und eine andere sagte: »Es war ja der Schmotzige, da war der Depp wie immer schon frühzeitig besoffen.« Hierfür hätte es theoretisch ein paar Hundert Zeugen auf einer Narrenveranstaltung gegeben. Doch es war zu bezweifeln, dass dort jemand so wenig alkoholisiert war, um dies zu bestätigen.

Am Ende blieb Marlowski nur der Günstlinger OB Frank Schimmelmann als Verdächtiger. Bei dem wollte er direkt vorsprechen und nicht zuvor die Ehefrau kontaktieren. Als er sich telefonisch anmeldete, hatte er sich zwar als Detektiv vorgestellt, aber noch nichts von Waller oder seinem Auftrag erwähnt – und schon gar nicht seinen Verdacht. Aber es gehe um eine wichtige Sache, hatte er dem OB von dessen Sekretärin ausrichten lassen.

Als Marlowski das Vorzimmer betreten und sich vorgestellt hatte, sprang sie gleich auf und eilte zur leicht offenen Tür des OB-Zimmers. »Der Herr Marlowski wäre jetzt da«, sagte sie. Dem Detektiv kam das irgendwie bekannt vor. »Ist gut, Frau Kleinschmidt«, hörte er den OB von innen sagen, »lassen Sie ihn herein.« Schimmelmann thronte auf einem altertümlich anmutenden Stuhl mit hoher Lehne. »Ich muss Ihnen gleich sagen, dass ich wenig Zeit habe«, wandte er sich an Marlowski. »Ich habe einen wichtigen Termin. In einer halben Stunde ist der Spatenstich für die neue Umgehungsstraße.« Das ist sehr lobenswert, dachte Marlowski, der an diesem Tag wegen diverser Staus wieder rund fünfundvierzig Minuten gebraucht hatte für die zwanzig Kilometer von Stanz nach Günstlingen.

Marlowski wollte auch gar nicht lange um den heißen Brei herumreden. »Kennen Sie Peter Waller?«, fragte er direkt. Der OB verzog keine Miene und schien gründlich nachzudenken, was er darauf antworten sollte. »Wieso fragen Sie das?« Marlowski hatte mit solchen Ausweichmanövern gerechnet. Und weil Schimmelmann sich vor einer Antwort drücken wollte, legte er nach: »Well, ich habe Sie bei seiner Beerdigung gesehen.« Schimmelmann schaute skeptisch. »Das stimmt, ich war dort, aber ich habe diesen Waller nicht wirklich gekannt. Ich wusste nur, dass es ihn gibt.« Marlowski genügte das nicht. »Warum waren Sie dann dort?« Schimmelmann lächelte. »Vielleicht wollte ich einfach sicher sein, dass er begraben ist. Aber ich verstehe Ihre Fragerei nicht. Was geht Sie das überhaupt an?« Der OB lehnte sich zurück und verschränkte die Arme.

»Ich habe diesen Waller observiert im Auftrag seiner Frau, er war ein Bastard. Er hatte a lot of Sex – mit verheirateten Frauen, auch mit Ihrer!« Marlowski hoffte, den OB mit seinen Kenntnissen ein bisschen aus der Reserve locken zu können. Doch der sagte nur, zwar etwas verstimmt, aber höflich: »Ich glaube, es ist besser, wenn Sie jetzt gehen! Wie gesagt, ich habe einen wichtigen Termin. – Kunigunde!«, rief er ins Vorzimmer, »mein Chauffeur soll bitte in fünf Minuten beim Rathaus sein!« Marlowski ließ aber nicht locker und ging nun aufs Ganze. »Well, you see, ich finde es einfach strange, dass dieser Waller plötzlich dead im Bett lag. Und es gibt einige Männer, die sind darüber nicht traurig!«, sagte er mit scharfem Unterton.

Schimmelmann verstand nun, worauf er hinauswollte. »Ach so, Sie denken, er wurde ermordet, und ich könnte der Täter sein? Das ist ja nett! Meine politischen Gegner und die Presse haben mir schon manches unterstellt, aber Mord ist doch mal was Neues.« Schimmelmann lächelte nun wieder. »Wann soll ich denn diesen Herrn ermordet haben?«, fragte er leicht spöttisch. Marlowski war schon klar, dass Schimmelmann doch nicht infrage kam, aber das Alibi wollte er dennoch gern hören. »Waller ist an diesem Schmotzigen Dingsbumms gestorben.« Darauf fing Schimmelmann an zu lachen. »Was glauben Sie denn, was ein OB da macht? Er wird entmachtet von den Narren, und anschließend kippt man sich einen hinter die Binde. Fragen Sie doch den Herrn Schmutzler vom Narrenverein Seesterne, der arbeitet schließlich im Polizeipräsidium und war mit dabei.«

Als Marlowski durchs Vorzimmer ging, war die Sekretärin am Telefonieren. Er bekam ein paar Gesprächsfetzen mit. »Du, Chantal, ich mach mir langsam Sorgen um die Isolde. Jetzt ist bei ihr so ein dubioser Geschäftsfreund von ihrem toten Mann aufgetaucht …« Marlowski ahnte nicht, dass dies bald für ihn zum Thema werden sollte.

Siebtes Kapitel

Auch wenn es diesen Dümpel nicht interessiert, sollte ich ihn vielleicht informieren über meine Ergebnisse, wenn ich schon in Günstlingen bin, dachte Marlowski. Der Inspektor klang zwar genervt, als er anrief, aber war dann doch einverstanden. Die Sekretärin war am Telefon, als er eintraf. »Du, Kuni, ich muss jetzt aufhören, da kommt jemand für den Chef.« Sie stand auf und steckte den Kopf in Dümpels Büro. »Der Herr Marlowski wäre jetzt da!« Ich wusste doch, dass ich den Spruch kenne, dachte der Detektiv.

Dümpel begrüßte ihn wieder übertrieben freundlich: »Herr Marlowski, nehmen Sie doch Platz. Wo drückt der Schuh?« Der Detektiv erzählte dem Inspektor von seinen Ermittlungen, von den diversen sattelfesten Alibis. Dümpel nickte zufrieden. »Na sehen Sie, ich habs doch gleich geahnt, dass Sie sich verrannt haben«, sagte er als spräche er mit einem der zündelnden Buben vom Schloss Auenberg. »Natürlich ist es nicht normal, dass ein Mann mit sechsunddreißig Jahren einfach so stirbt, aber es kommt vor – wie man gesehen hat.« Marlowski schüttelte den Kopf. »Es ist einfach strange, da ist something faul, ich habe so ein Feeling.«

Noch ehe Dümpel darauf etwas erwidern konnte, ertönte wieder Dimpflmoser aus dem Nebenzimmer: »Ja, wos iss denn dös?« Der Inspektor zuckte zusammen. Er wusste aus Erfahrung, dass danach meist etwas Unangenehmes auf ihn zukam. Und schon im nächsten Moment steckte auch die Kleinschmidt erneut ihren Kopf zur Tür herein. »Wir hätten da einen, der alles zugibt!« Dümpel schaute sie fragend an. »Wie? Der was alles zugibt?« Die Kleinschmidt zuckte mit den Schultern. »Na alles eben.« Der Typ sei auch schon im Verhörzimmer, Schmutzler sei bei ihm.

Dann muss ich mich beeilen, dachte Dümpel, bevor dieser Assistent wieder Wurst und Käse verwechselt. Und weil er Marlowski trotz allem irgendwie sympathisch fand, fragte er ihn, ob er mitkommen wolle. Der sagte nicht no.

»Der Mann heißt Fritz Legle«, begrüßte Schmutzler seinen Chef und den Detektiv. »Er ist einundvierzig Jahre alt und wohnt in der Prager Straße 24. Und er will ein umfassendes Geständnis ablegen.« Legle war ein kleiner, dünner Mann mit dunklen Augen und Haaren. Er sah sehr schuldbewusst aus, aber irgendwie wirkte er wie aus einer anderen Zeit. »Das ist richtig!«, plapperte Legle drauflos. »Ich bin geständig. Man muss mir den Prozess machen und ein Urteil fällen! Das ist jetzt endlich fällig. Ich bin alt genug geworden und nun bereit für die Todesstrafe!«

Dümpel wusste nicht so recht, was er davon halten sollte. Normalerweise saßen auf diesem Stuhl Typen, die alles leugneten. Er musste erst mal seine Gedanken etwas sortieren. Und um dafür Zeit zu gewinnen, sagte er eingangs nur: »Da muss ich Sie enttäuschen, Herr Legle, die Todesstrafe gibt es in Deutschland schon lange nicht mehr.« Der dünne Mann sah ihn mit großen Augen an. »Dann sollte ich mein Geständnis vielleicht besser in einem Land ablegen, in dem man noch wirklich hart bestraft wird!«

Marlowski dachte, der erinnert mich an irgendjemand. Dümpel hob beschwichtigend die Hände. »Nun mal langsam, Herr Legle. Was haben Sie denn angestellt?« Schmutzler mischte sich ein. »Waren Sie das, der die Metzgerei ausgeraubt und dann den ganzen Mist in der Gegend verteilt hat?« Dümpel passte dieser Vorstoß gar nicht. Denn wie es schien, hatte sein Assistent diesem seltsamen Vogel damit eine Steilvorlage geliefert. »Natürlich«, sagte Legle prompt,

»das habe ich getan.« Schmutzler kam dadurch in Fahrt, und noch ehe Dümpel eingreifen konnte, setzte sein Assistent nach: »Und diese Sexpuppe, die haben auch Sie am Ufer des Raußens deponiert?« Legle nickte eifrig. »Ja, ja, die Sexpuppe, das war ich auch.«

Dümpel stöhnte innerlich. Als nächstes gesteht der Spinner noch den Dackeldiebstahl. Und Marlowski dachte: Schade eigentlich, dass man dieser Gestalt nicht glauben kann. Der würde garantiert den Mord an Waller sofort zugeben. Dümpel versuchte, die Situation zu beruhigen und schickte deshalb erst mal Schmutzler raus. »Holen Sie uns doch ein paar Kaffees«, wies er ihn grinsend an. »Oder was möchten Sie, Herr Legle? Ist Kaffee okay?«. Der dünne Mann schaute ihn wieder mit großen Augen an. »Ich trinke nur Früchtetee«, sagte er. Marlowski dachte, das passt. Dieser Legle und Isolde Waller könnten ein nettes Paar werden: beide irgendwie daneben, aber garantiert harmlos.

»Also«, fuhr Dümpel fort, als Schmutzler weg war, »jetzt erzählen Sie doch mal, warum Sie das alles getan haben!« Legle nickte wieder eifrig und wirkte zunehmend nervös. »Ich bin Kaufmann«, sagte er hastig, »und habe ein Geschäft. Das läuft sehr gut. Mein alter Vater arbeitet dort auch noch mit. Und ich habe einen Freund von früher, der in Sankt Petersburg ein Geschäft betreibt. Das läuft aber nicht gut. Und mein Vater behauptete dann eines Tages, dass ich meinen alten Freund betrügen würde, dass ich ihm in meinen Briefen nicht die Wahrheit schriebe, weil ich diesem meine Verlobung verschwiegen hatte. Und da wurde mir klar, wenn schon mein Vater mich verurteilt, dann muss ich einfach gestehen!«

Dümpel wusste mit dem Gerede zunächst nichts anzufangen. Marlowski stutzte, »Das Urteil«, klar, und tippte dem Inspektor an den Oberarm. »Darf ich mal was fragen?«

Dümpel nickte, und der Detektiv wandte sich an Legle, der den Kopf bei seinen Ausführungen immer weiter hatte sinken lassen. »Kennen Sie Franz Kafka?« Dümpel war irritiert. Das ist doch hier kein Literaturquiz, sondern eine Vernehmung, dachte er.

Doch diese Frage war wie ein Wachmacher für Fritz Legle. Er hob schlagartig wieder den Kopf und sagte mit großen Augen: »Natürlich kenne ich den, der ist doch an allem schuld. Den habe ich auch umgebracht, ich musste es tun, es war Notwehr!« Da fiel auch bei Dümpel der sprichwörtliche Groschen. »Also gut, Herr Legle«, sagte der Inspektor, »ich denke, wir finden eine Lösung.« Er ging hinaus und ließ sich von Frau Kleinschmidt mit der Psychiatrie verbinden. »Wir hätten hier einen, der sich für Kafka hält«, sagte Dümpel – und dachte im nächsten Moment: Mist, jetzt färbt dieser Konjunktiv-Käse schon auf mich ab. Die Kleinschmidt grinste, was Dümpel natürlich ärgerte.

Als er ins Verhörzimmer zurückkam, stand Legle mit dem Rücken zum Raum in einer Ecke. Der Inspektor schaute Marlowski fragend an. »Nachdem Sie draußen waren, hat er some sort of Anfall bekommen. Er hat sich mit dem Rücken auf den Boden gelegt und mit Händen und Beinen gestrampelt«, erklärte der Detektiv. Legle stand derweil reg- und lautlos in seiner Ecke. »Well, ich sagte zu ihm: Let it be, Sie haben sich nicht in einen Käfer verwandelt! Und dann ist er schnell in diese Ecke gerannt. Vermutlich spielt er jetzt die Maus aus Kafkas kleiner Fabel.«

Dümpel verstand, das hatte er mal in seiner Schulzeit gelesen. Die Maus, die arglos zwischen Mauern immer weiter läuft, bis sie in der Falle sitzt. Da regte sich plötzlich Legle wieder. »Ist die Katze noch hinter mir?«, fragte er freudig erregt. Dümpel war mittlerweile genervt und antwortete: »Ja, die Katze bringt Sie jetzt in eine schöne Zelle.«

Kaum war der dünne Mann abgeführt worden, da kam Schmutzler zur Tür herein mit drei Kaffeebechern. »Ich hab Milch und Zucker mal weggelassen, ich wusste nicht, wie die Herrschaften es gern hätten«, sagte er und schaute im nächsten Moment verwundert. »Wie? Ist die Vernehmung schon zu Ende, hab ich was verpasst?« Dümpel grinste zynisch. »Nur einen kleinen Crashkurs in deutscher Literatur des frühen zwanzigsten Jahrhunderts.«

Wieder allein in seinem Büro wurde der Inspektor nachdenklich. Vielleicht ist es besser, ich gehe jetzt nach Hause – bevor außer dem Konjunktiv auch noch der Irrsinn auf mich abfärbt.

*

Marlowski stand auf der Rückfahrt nach Stanz kurz nach dem Günstlinger Ortsende wieder mal im Stau. Ganz in der Nähe sah er einen Bagger stehen und eine größere Gruppe honoriger Herren, die sich mit Sekt zuprosteten, darunter erkannte er auch den OB. Ach ja, der Spatenstich, dachte Marlowski. Vor Kurzem war hier noch sehr hohes Gras und Gestrüpp, darum ist es bestimmt nicht schade. Zumal sich hier vor einiger Zeit eine Bettlerbande aus Osteuropa ihr Nachtlager eingerichtet hatte. Da werden mit dem Bau der neuen Umgehungsstraße gleich zwei Fliegen mit einer Klappe geschlagen: ein Versteck vernichtet und der Verkehr gelichtet. Marlowski ahnte nicht, dass es bald schon drei Fliegen sein sollten.

Noch beim Feierabend-Bier rumorte die Legle-Episode in Dümpel. Und so erzählte er dem »Professor« davon. Der hatte wie meistens eine Erklärung parat. »Ich habe mal eine Dokumentation im Fernsehen gesehen, aus den USA«, dozierte er, während er bereits sein zweites Weizen schlürfte.

»Da ging es darum, dass die Schizophrenie verstärkt wird, weil wir in unserer heutigen Welt ständig irgendwelche Leute mit bekannten Personen vergleichen. Wenn ein junger Fußballer gut kicken kann, dann heißt es gleich, das ist der neue Beckenbauer oder Pelé. Oder wenn ein Songwriter ein paar gute Lieder geschrieben hat, dann wird er als neuer Bob Dylan gefeiert«, sagte der »Professor« und ließ keine Widerrede zu. »Dadurch fangen manche ohnehin anfälligen Leute an, sich selbst mit bekannten Personen zu vergleichen, eifern diesen nach und steigern sich in einen Wahn«, referierte der »Professor« sein TV-Wissen. »Kennen Sie den Thriller ›Copykill‹?«, fragte er dann noch Dümpel. »Da kopiert ein Irrer Morde von früheren Serienmördern.« Dümpel nickte. »Den Film kenne ich. Aber mein Irrer hat ja niemanden umgebracht.« Der »Professor« erklärte: »Natürlich nicht, aber darauf kommt es ja nicht an. Es geht um den Kopie-Wahn.«

Der Inspektor musste plötzlich lächeln. Mit Vergleichen ist es halt so eine Sache, dachte er, und mit den Kopierten ebenso. Da muss man sich eigentlich nicht wundern, wenn mal was verwechselt wird. Als er bei der Psychiatrie angerufen und den falschen Kafka gemeldet hatte, hatte er dort als Antwort bekommen: »Kafka? Das war doch dieser tolle Stürmer aus dem ungarischen Wunderteam, das im WM-Finale 1954 in Bern gegen Deutschland sensationell verloren hat. Den können wir in unserer Betriebsmannschaft sicher gut gebrauchen.« Natürlich, dachte Dümpel: als neuen Beckenbauer oder Pelé.

Achtes Kapitel

Es war 13.37 Uhr, als Marlowski bei der Detektei Gfrier ankam. Die Sekretärin Bernadette saß etwas gelangweilt am Empfangsschalter und feilte an ihren Fingernägeln herum. Als sie Marlowski sah, wurde sie munterer. »Hi, Felix, Baby Blue, du bist ja wieder mal zu spät! Das ist aber gar nicht lieb«, flötete sie und klimperte ihn dabei mit den Augendeckeln an. Er wusste diese Flirterei richtig einzuordnen. Das Gfrier-Töchterchen machte sich ein Spiel daraus, immer wieder mal zu testen, wie verführerisch ihre Wirkung auf Männer war. Das lag vielleicht daran, weil sie ständig Meldungen von Ehebrechern auf dem Tisch hatte, da kann man schon mal auf lüsterne Gedanken kommen, dachte Marlowski. Aber abgesehen davon, dass die Tochter des Chefs sowieso tabu war, war sie auch nicht sein Typ: zu stark geschminkt und zu blondiert.

Als Marlowski sein Büro erreichte, stand Gfrier schon in der Tür und damit ihm im Weg. Er drückte sich an ihm vorbei und sagte: »Sorry, ich bin im Verkehr stecken geblieben.« Bonmot saß schon da, die Pranken verschränkt auf seinem voluminösen Bauch, und merkte grinsend an: »Sicher nicht im Geschlechtsverkehr.« Gfrier schaute säuerlich und fragte ungeduldig: »Was ist denn jetzt mit diesem Waller? War es ein Mord?«

Marlowski legte den Kopf schräg und zuckte mit den Schultern. »I still don't know, auch da stecke ich fest. Alle Verdächtigen haben Alibis.« Gfrier schaute nun noch säuerlicher. »Des isch doch en Schießdreck, en blöde«, verfiel er wieder kurzzeitig ins Schweizerische – und diesmal auch ins Vulgäre. »Immer des Theater mit dene Hureseckel«, moserte er vor sich hin und verschwand dann glücklicherweise kurz darauf.

»Apropos Waller«, sagte Bonmot zu Marlowski: »Da hat schon zwei Mal deine holde Isolde angerufen. Sie hat furchtbare Sehnsucht nach dir, du sollst sie gleich besuchen kommen.« Und dazu grinste er so breit, dass sein Basketball-Schädel wie ein riesiger Smile-Button wirkte. »Hat sie gesagt, was sie will – außer mich vernaschen?«, fragte Marlowski genervt lächelnd. »Oh«, sagte Bonmot theatralisch, »sie schien mittelschwer durch den Wind wie eine Femme Fatale mit Alzheimer, weil sie einen Besucher der unheimlichen Art hatte. Deshalb braucht sie ja jetzt dich als Besucher der besonders heimeligen Art.« Und dabei grinste er noch breiter, was Marlowski kaum für möglich gehalten hatte. Er griff zum Telefon, und Isolde Waller war auch sofort wieder am Apparat. Sie wirkte tatsächlich noch mehr durcheinander als üblich.

Das bestätigte sich, als er bei ihr eintraf. Sie fragte ihn nicht einmal wie sonst, ob er einen Früchtetee möge. Stattdessen packte sie ihn am Arm, zog ihn in die Wohnung und schloss schnell die Tür. »Ich bin so froh, dass Sie endlich da sind«, sagte sie und wirkte schon wieder reichlich hysterisch. Marlowski versuchte sie zu beruhigen. »Was ist denn los? Haben Sie Angst?«, fragte er ernsthaft besorgt. Vielleicht hatte es der Mörder von Waller, von dem er sicher war, dass es ihn gab, aus irgendeinem Grund nun auch auf sie abgesehen.

»Es war gestern Abend so ein komischer Mann hier«, berichtete sie erregt und schaute nach links und rechts, als ob da jemand sein könnte. »Er sagte, er sei ein Geschäftspartner von Peter gewesen. Und er fragte, ob das Päckchen mit den Kondomen noch hier sei, das gehöre nämlich ihm, und er wolle es sofort mitnehmen.« Marlowski merkte, dass sie zitterte, und legte ihr deshalb eine Hand auf die Schulter. Das hätte er vielleicht besser nicht getan, denn sie schmiegte sich sofort an ihn und schluchzte ihm den Hemdkragen voll.

Marlowski schob sie sanft zurück und dachte, vielleicht kommt sie eher wieder zur Vernunft, wenn ich etwas strenger mit ihr bin. In ernstem Ton fragte er deshalb: »Wie hieß denn der Mann?« Isolde Waller wirkte wieder sehr verunsichert. »Walter Peller«, sagte sie schüchtern. Marlowski verdrehte die Augen, denn es war absolut offensichtlich, dass das nicht der richtige Name des Fremden war. »Und wie hat er ausgesehen?« Isolde Waller schaute etwas verwirrt und bemühte sich offensichtlich, nichts Falsches zu sagen: »Na ja, er war etwa so groß wie Sie. Nein, doch eher vielleicht zehn Zentimeter größer. Er war recht schick gekleidet mit einem Anzug, der ziemlich teuer aussah.« Sie musste kurz durchatmen, die Erinnerung schien sie mitzunehmen. »Und er hatte dichtes, dunkles Haar, trug einen Vollbart und eine dicke Brille«, fuhr sie schließlich fort.

Marlowski nickte, natürlich Perücke und falscher Bart, das hatte er sich schon gedacht. Den Kerl ausfindig zu machen, dürfte fast unmöglich werden. »Okay«, sagte er zu ihr, »und wie ging es dann weiter?« Sie hatte nun langsam wieder die Fassung gefunden. »Ich habe ihm das Päckchen natürlich gegeben, ich brauche das ja sowieso nicht. Und ich wollte nur, dass der Mann so schnell wie möglich wieder geht.« Marlowski nickte. »Of course, das ist verständlich.« Und der Mann sei dann auch wieder gegangen, berichtete Isolde Waller, allerdings habe er zuvor noch aufs Klo gemusst. Das kann natürlich vorkommen, dachte Marlowski, aber es kann auch alles Mögliche bedeuten.

Und Letzteres untermauerte dann Isolde Waller, als sie sagte: »Was total seltsam war: Als der Mann endlich wieder gegangen war, bin ich ins Bad, um zu schauen, ob er die Schüssel vollgepinkelt und auch gespült hat. Und dabei habe ich dann festgestellt, dass alle fünf Dosen Fußpuder von Peter verschwunden waren.« Marlowski wurde stutzig. »Wieso hatte Ihr Mann denn so viel Puder im Haus, hatte er Schweißfüße?« Nun lächelte Isolde Waller plötzlich wieder seltsam nachsichtig. »Aber nein«, sagte sie, »sonst hätte ich ihn sicher nicht geheiratet. Peter hat immer sehr gut gerochen – überall.« Und dabei wurde sie sogar ein bisschen rot im Gesicht.

Marlowski ließ sich von dem Gefühlsanfall nicht beirren. »Aber was hat er dann mit dem vielen Fußpuder gemacht?« Isolde Waller schaute nun etwas nachdenklicher. »Das war mir auch nicht ganz klar. Manchmal hat er daran geschnuppert, das sah lustig aus«, sagte sie mit einem verklärten Lächeln. »Ach, da fällt mir gerade noch was ein«, fügte sie hastig an, »er hat nebenbei irgendwelche Geschäfte gemacht, aber darüber hat er nie mit mir geredet. Manchmal kam abends jemand, und dann ging Peter mit demjenigen immer schnell in sein Arbeitszimmer.«

Marlowski ahnte, was dahinterstecken konnte – Drogen! Und damit hätte sich ein völlig neues Feld von Tatverdächtigen für den mutmaßlichen Mord an Waller auftun können. »Ist noch irgendetwas da von dem Fußpuder«, fragte er deshalb Isolde Waller. Die lächelte erleichtert, nun wieder im Gleichgewicht ihrer Arglosigkeit. »Nein, glücklicherweise nicht. Auch Kondome kann ich Ihnen keine mehr anbieten. Aber möchten Sie vielleicht einen Früchtetee?«

Neuntes Kapitel

Dümpel würgte es ein bisschen, als er am Morgen das Polizeipräsidium betrat. Er war sich nicht sicher, ob das an den Feierabendbieren lag, am Legle-Irrsinn oder der düsteren Vorahnung, was ihn heute da oben erwarten könnte. Letzteres erwies sich dann bald als absolut berechtigt. Denn nachdem sich Dümpel an seinem Schreibtisch niedergelassen hatte, fand er dort in der Post schon wieder ein Päckchen von diesem Hans Marblinger. Es war diesmal aber nicht flach, groß und rechteckig wie bei dem Wahnsinns-Puzzle zuvor, sondern kleiner und eher quaderförmig. Dümpel schüttelte das Ding vorsichtig und hörte ein Rappeln im Karton. Könnte doch wieder ein Puzzle sein, überlegte er. Vielleicht sollte ich es gleich samt Verpackung in die Tonne werfen. Aber dann überwog doch die kriminalistische Neugier in ihm. Blöder als beim ersten Mal kann es fast nicht sein, dachte Dümpel, und er öffnete das Päckchen vorsichtig.

Es war tatsächlich nicht schon wieder ein Puzzle, aber ein ähnlich verwirrendes Präsent: eine Ein-Pfund-Packung Plinki-Nudeln, um genau zu sein Buchstabennudeln. Komisch, dachte Dümpel, ich wusste gar nicht, dass es so was überhaupt noch gibt. Er kannte Buchstabennudelsuppe aus seiner Kindheit. Und die war schließlich schon ein paar Tage her. Ein Anschreiben war in dem Päckchen auch wieder dabei, es klang diesmal aber wenigstens vernünftiger – zumindest am Anfang.

»Sehr geehrter Herr Inspektor Dümpel«, hieß es da, »ich habe Ihnen schon unlängst erklärt, dass ich Sie sehr bewundere. Nun habe ich als kleiner Hobbydetektiv aber auch eine sehr bemerkenswerte Ermittlung abgeschlossen. Ich habe nach hartnäckigsten Nachforschungen herausgefunden, dass Plinki-Buchstabennudeln einen positiven Einfluss auf Patienten mit psychischen Störungen entfalten. Das mag Sie erstaunen, auch ich war zunächst verblüfft. Dabei erscheint dieser Effekt bei genauer Betrachtung ganz einleuchtend: Es ist scheinbar gerade das wilde Durcheinander der Buchstaben, das bei diesen desorientierten Menschen Klarheit hervorruft.«

Dümpel musste an die wirre Unterschrift Marblingers beim ersten Anschreiben denken. Da hatte der gute Mann wohl selbst nicht brav seine Buchstabennudelsuppe ausgelöffelt. Wobei dessen angeblich erwiesene Theorie natürlich reichlich abstrus war. An die heilende Kraft von Nudeln glaubten vermutlich nur Nudelhersteller selbst, dachte Dümpel. Oder vielleicht noch ältere Hausmütterchen, die auch darauf schwörten, dass man geschwächten Personen Hühnerbrühe zur Stärkung reichen sollte. Es könnte natürlich sein, dass dieser Marblinger Aktionär war bei Plinki und er mit diesem Quatsch den Umsatz ankurbeln wollte, dachte Dümpel. Aber das war eigentlich auch Blödsinn, denn Plinki florierte sowieso, ob mit oder ohne Buchstabennudeln. Ich könnte natürlich die Probe aufs Exempel machen und das Nudelpäckchen an den Kafka-Imitator Legle schicken, schoss es Dümpel plötzlich durch den Kopf. Doch diesen Gedanken verwarf er sogleich wieder. Da hätte er wohl nur riskiert, dass der wirre, dünne Mann in ihm einen Verbündeten wittert.

Schließlich entschied sich Dümpel für die vermutlich vernünftigste Lösung: Er warf die Nudelpackung samt Anschreiben in den Papierkorb. Zufrieden rieb er sich die Hände, als wäre er den Irrsinn damit nun endgültig losgeworden. Doch der ging munter weiter. Denn im nächsten

Moment steckte schon wieder die Frau Kleinschmidt den Kopf zur Tür herein. »Wir wären dann so weit«, sagte sie. Dümpel schreckte auf. »Wie, was, wofür?«, stammelte er. »Na, der Herr Polizeipräsident hatte doch gestern seinen sechzigsten Geburtstag und hat heute zum Umtrunk eingeladen«, erklärte sie ungeduldig. »Wir wollen ihm ein Ständchen singen!«

Das hatte Dümpel komplett vergessen – oder besser: erfolgreich verdrängt. Denn mit dem Polizeipräsidenten Fridolin Schimmelmann, ganz nebenbei der ältere Bruder des OBs, verband ihn herzlich wenig. Im großen Versammlungsraum sang die Beamtenschar: »Hoch soll er leben!« Schmutzler tönte dabei besonders laut, was nicht weiter aufgefallen wäre, wenn er nicht meist den richtigen Ton verfehlt hätte. Dümpel schämte sich dafür ein bisschen, aber er freute sich zugleich, dass der Doofmann auch mal anderswo negativ auffiel. Das wurde von der Allgemeinheit aber gar nicht so empfunden – im Gegenteil. Schmutzler mutierte plötzlich zum Sprecher der Gratulanten.

»Sehr geehrter Herr Polizeipräsident Schimmelmann«, sagte er pathetisch, »ich weiß noch gut, als ich vor zehn Jahren hier anfing, da feierten Sie gerade Ihren Fünfzigsten. Sie waren seither für mich – und ich denke, ich spreche da für alle – ein leuchtendes Vorbild mit Ihrem Scharfsinn und Ihrer Kombinationsgabe.« Dümpel wurde es fast schlecht bei dieser Heuchelei. Unter dem Polizeipräsidenten Schimmelmann war die Aufklärungsquote dramatisch zurückgegangen und dennoch Personal eingespart worden. Doch Schmutzler fuhr unbeirrt mit seiner Lobeshymne fort: »Sie waren und sind für uns der Leuchtturm im Sturm des Verbrechens!« Die meisten im Raum jubelten, während Dümpel immer tiefer in sich zusammensank. »Und deshalb«, so steuerte Schmutzler dem theatralischen

Höhepunkt entgegen, »haben wir für Sie ein ganz besonderes Geschenk.«

Er überreichte dem Polizeipräsidenten ein flaches Päckchen. Dieser nahm es entgegen, rüttelte daran und meinte dann: »Es wird doch hoffentlich keine Bombe sein.« Über den müden Witz lachte er selbst am meisten. Natürlich, dachte Dümpel, Humor kennt der nur vom Hörensagen. Die Versammlung war indes gespannt auf seine Reaktion auf das Geschenk. Schimmelmann blätterte die Verpackung ab, bis eine Puzzleschachtel zum Vorschein kam: die Milchstraße über den Kanaren in fünftausend Teilen. »Uiii«, stöhnte der Polizeipräsident lustvoll, »das Universum, das hat mich schon immer interessiert!«

Dümpel zuckte zusammen. Er fragte sich, ob Schmutzler diesen Mist in seinem Mülleimer entdeckt und einfach eingesteckt hatte oder ob sein Assistent bewusst dieses verrückte Puzzle, in dem das Universum in kleinste Teile zerbröselt war, gekauft hatte, weil er tatsächlich glaubte, dass der Polizeipräsident daran irgendein Vergnügen haben könnte.

Pluspunkte hatte er beim obersten Chef damit offenbar nicht gesammelt, denn Schimmelmann wirkte leicht brüskiert, überbrückte den Schreckmoment aber gekonnt. »Danke, danke«, sagte er, »das wäre doch nicht nötig gewesen.« Dabei legte er das Puzzle demonstrativ zur Seite und fuhr dann fort: »Ich weiß gar nicht, was ich sagen soll. Ich gehe ja bald sowieso in den Ruhestand. Daher möchte ich mich einfach bedanken für die gute Zusammenarbeit – bei fast allen von Ihnen.« Dümpel war schon klar, dass er damit nicht gemeint war, er gehörte zu den Nicht-fast-allen.

Nachdem die nervige Gratulationskür endlich beendet war, wandte er sich dem Büfett zu. Doch dort bestätigte sich, dass der Polizeipräsident Schimmelmann ziemlich knausrig war. Es gab Brötchen mit billigem Butterkäse, simpler Lyoner und einfachster Salami. Und dann stand auf einer Herdplatte noch ein großer Topf. Doch darin war nicht etwa eine Gulaschkanone, was sich mancher erhofft hatte, oder wenigstens ein feines Gemüsesüppchen, sondern eine schlichte klare Brühe – mit Buchstabennudeln. Dümpel machte den Deckel gleich wieder zu.

Zehntes Kapitel

Marlowski überlegte fieberhaft, wie er seinen Drogenverdacht überprüfen konnte. Dümpel darauf anzusprechen, erschien ihm zwecklos. Für den war der Fall Waller schließlich nie wirklich einer gewesen. In Gedanken versunken trudelte Marlowski auf seinen Fußpuderspuren um 13.39 Uhr in der Detektei Gfrier ein. Bernadette sah ihn kokett von unten herauf an und klimperte wieder mit den Augendeckeln, verkniff sich aber diesmal einen Kommentar zu seiner Verspätung.

Als er ins Büro kam, war der Chef auch bereits wieder abgezogen, dafür stand Luigi Loretto neben Claude Bonmot, der mit verschränkten Pranken wie immer seinen enormen Körper auf dem schmalen Stuhl gekonnt balancierte. Vielleicht können mir die beiden weiterhelfen, dachte Marlowski. Er schilderte ihnen seine Unterhaltung mit Isolde Waller und fragte ganz direkt, ob sie irgendwelche Kontakte in der Drogenszene hätten.

Bonmot schüttelte den massigen Kopf. »Keep cool, Felicitas!«, sagte er und riet ihm von einem Alleingang in diesem Milieu ab. »Wenn du hier als Bruce-Willis-Kopie einen Actionthriller inszenieren willst, hat der am Ende wahrscheinlich den Titel ›Stirb schnell‹«, meinte er in ernstem Ton. Und dabei wedelte er mit seinen Pfannenhänden so stark hin und her, dass es einige Papiere von seinem Tisch wehte. Auch Luigi Loretto sandte eine Warnung aus. »Vielleicht da stecke die Mafia dahinter, molto pericoloso!«, wie es sich für das Klischee, das viele von Italienern im Kopf haben, gehört.

Marlowski sah ein, dass es sinnlos war. Er hatte letztlich

auch keinerlei Beweise für den Verdacht des Drogenhandels. Den ominösen Besucher von Isolde Waller würde er vermutlich nie finden. Und möglicherweise hatte die verwirrte Witwe sogar etwas durcheinandergebracht und den Fußpuder selbst entsorgt. Sie war zwar die wichtigste Zeugin, aber leider auch eine sehr wenig verlässliche.

»Übrigens«, sagte Bonmot plötzlich, »würde ich euch beide gern demnächst mal zu einem original Luxemburger Kasspatzenessen zu mir nach Hause einladen, sobald es etwas wärmer ist, dann können wir im Garten sitzen. Meine Frau Brigitte kann zwar nicht gut kochen, aber die Kasspatzen macht sie ganz extraordinär.« Loretto und Marlowski signalisierten Zustimmung, worauf Bonmot fortfuhr: »Ansonsten empfehle ich bei Fußpudermangelerscheinungen den Drogeriemarkt«, sagte er nun wieder grinsend. Und dann merkte er gegenüber Marlowski noch an: »Bei allen weiteren Beschwerden fragst du am besten deinen Frauenarzt.« Der angesprochene Detektiv reagierte darauf verständlicherweise etwas irritiert, bis Bonmot erklärte: »Der alte Sepp hat dir einen neuen Auftrag an den Allerwertesten geheftet. Du sollst der feinen Dame eines Frauenverstehers auf den Slip schauen.«

Marlowski begriff und schaute sich die Unterlagen an, die ihm die bizarr-bezaubernde Bernadette auf den Schreibtisch gelegt hatte. Ein Doktor Martin Schwarzberger hatte den Verdacht, dass ihn seine Frau Margarethe mit anderen Männern hintergehe. Marlowski rief sogleich in der Praxis an.

»Welche Beschwerden hat denn Ihre Frau?«, fragte die Sprechstundenhilfe. »Ich habe keine Frau«, antwortete Marlowski knapp und wahrheitsgemäß. »Ach so«, sagte die Sprechstundenhilfe und erklärte wohlmeinend, »wir sind eine sehr tolerante Praxis und haben vollstes Verständnis für individuelle Neigungen. Aber Männer in Frauenkleidern werden hier nicht behandelt.« Marlowski klärte das Missverständnis rasch auf: »Mir fehlt nichts, aber Ihr Chef hat ein Problem. Fragen Sie ihn doch einfach, wann ich kommen soll!« Die Sprechstundenhilfe verschwand kurz vom Telefon und erklärte bei ihrer Rückkehr: »Sofort.«

Doktor Schwarzberger verabschiedete gerade eine hochschwangere Frau, als Marlowski eintraf. Er machte auf den Detektiv einen erfreulich anständigen Eindruck. Im Behandlungszimmer erklärte ihm der Arzt, dass seine Frau in jüngster Zeit immer wieder merkwürdige Andeutungen gemacht habe.

»Wie fühlst du dich eigentlich, wenn du den Frauen in die Vagina schaust und deren Brüste betatscht?«, habe sie ihn kürzlich gefragt. »Ich bin doch Arzt«, betonte Schwarzberger unnötigerweise, »und ich habe keinerlei sexuelle Interessen an meinen Patientinnen. Ein Chirurg macht seine Arbeit ja auch nicht, weil er gern Menschen aufschneidet«, zog er noch einen Vergleich, der vielleicht etwas hinkte. Bei manchem Chirurgen wäre ich mir da nicht so sicher, dachte Marlowski. Jedenfalls konnte Schwarzberger nicht verstehen, was diese Andeutungen seiner Frau sollten. Und deshalb keimte in ihm der Verdacht, dass sie vielleicht mit solchen Unterstellungen von eigenen Verfehlungen ablenken wollte.

Marlowski konnte diese Überlegungen zwar nachvollziehen, aber er glaubte nicht wirklich, dass etwas dran war. Vielleicht sollte sich dieses Paar einfach mal offen aussprechen, sich die Wahrheit sagen, dachte er. Aber egal, Auftrag war Auftrag, und so schnüffelte er eben Margarethe Schwarzberger hinterher. »Wenn es Ihnen passt, können Sie gleich anfangen«, sagte der Frauenarzt. »Sie wollte heute Nachmittag in die Stadt, ein paar Besorgungen machen, wie sie behauptete.« Marlowski nickte und machte sich gleich auf den Weg.

*

Er kam gerade noch rechtzeitig im Villenviertel des Wohnvororts von Stanz an. Margarethe Schwarzberger stieg soeben in ihr Saab-Cabrio und brauste los. Sie fuhr ziemlich schnell, und Marlowski dachte, wenn die keine Ehebrecherin ist, dann ist sie doch zumindest eine Verkehrssünderin. Die Frauenarzt-Gattin parkte am Rand der City, so wie es Marlowski selbst immer tat. Sieh an, dachte er, die will auch Parkgebühren sparen. Das spricht zumindest nicht gegen sie.

Frau Schwarzberger steuerte zunächst den Drogeriemarkt an. Dort stand sie längere Zeit vor dem Parfümregal, schnupperte an mehreren Fläschchen und tupfte sich einiges aufs Handgelenk. Das duftet mittlerweile wahrscheinlich so stark, dass ich ihr mit geschlossenen Augen folgen könnte, dachte der Detektiv. Danach packte sie einige Kosmetika in ihren Einkaufskorb – und schließlich eine Packung Tampons. Marlowski folgerte daraus: Schwanger scheint sie nicht zu sein. Und an den Kondomen war sie achtlos vorbeigegangen, was ihn in seiner Vermutung bestärkte, dass die Frau nichts weiter vorhatte, als zu shoppen.

Dies bestätigte sich in den folgenden Stunden. Als nächstes war ein teures Schuhgeschäft an der Reihe, wobei Frau Schwarzberger zwar diverse Schühchen anprobierte, aber nichts kaufte. Dasselbe Spiel folgte in einem schicken Modegeschäft. Dort hielt sie sich allerlei leichte Sommerkleidchen an den Körper. Daraus konnte man natürlich schließen, dass sie ihre weiblichen Reize betonen wollte, dachte Marlowski, aber vielleicht wollte sie damit auch einfach ihren

Mann bezirzen. Danach ging es in ein Schmuckgeschäft und ein Geschenklädele, in dem sie ebenfalls nichts kaufte. Kann sein, sie sucht was für den imaginären Geliebten, vielleicht aber auch zur Versöhnung mit ihrem Mann, schwankten Marlowskis Überlegungen hin und her.

Zwischendurch wurde die Shopping-Tour kurzzeitig eine Spur spannender. Margarethe Schwarzberger machte ein Päuschen in einem Café. Kaum am Tisch hantierte sie mit ihrem Handy herum. Möglicherweise nimmt sie jetzt Kontakt auf mit ihrem Lover, dachte der Detektiv. Doch das erschien ihm zugleich ziemlich unwahrscheinlich, weil die Frauenarzt-Gattin den jungen, gut aussehenden Kellner komplett ignorierte.

Marlowski taten schon allmählich die Füße weh. Mag sein, dass diese Frau reichlich Zeit hat, dachte er, aber mit welcher Ausdauer sie herumbummelte, war ihm ein Rätsel. Zum Abschluss gab es noch einen Besuch im Supermarkt. Dort kaufte sie zwar zur Abwechslung wieder mal ein paar Sachen ein, aber gänzlich unverdächtige. Was Marlowski aber auffiel, war, dass sie am Nudelregal die Plinki-Produkte ignorierte. Daraus hätte man als Hobbypsychologe ableiten können, sie meide vielleicht diese Nudeln, weil ihr Geliebter in dieser Fabrik arbeitet und sie so unbewusst hofft, dass kein Verdacht aufkommt, wenn sie Plinki verschmäht. Wahrscheinlicher war freilich, dass ihr wie vielen anderen in Stanz italienische Qualitätsware wichtiger war als Lokalpatriotismus.

Am Ende hatte Margarethe Schwarzberger für etwa fünfzig Euro eingekauft, aber Sachen im Wert von weit über tausend Euro in den Fingern gehabt. Marlowski folgerte daraus: Die Frau ist wählerisch. Wenn überhaupt, dann lässt sie sich mit Sicherheit nicht mit dem ersten Besten ein. Und sie hatte auf der stundenlangen Tour durch die City auch nicht ansatzweise mit irgendjemandem geflirtet, geschweige denn das Gespräch gesucht. Die Welt ist doch nicht so schlecht, wie es manchmal den Anschein macht, dachte Marlowski beruhigt.

*

Als er den Klienten Doktor Schwarzberger über seine Ermittlungen informierte, war dieser jedoch nicht überzeugt. »Bleiben Sie bitte dran«, sagte er nervös, »sie will heute Abend noch ins Kino, angeblich mit einer Freundin.« Na das passt, dachte Marlowski. Im Kino war ich schon lange nicht mehr. Hoffentlich schauen sich die beiden einen netten Film an – eine muntere Komödie oder einen spannenden Krimi.

Doch diese hoffnungsfrohe Erwartung des Detektivs wurde enttäuscht. Es gab ein Sozialdrama aus Kirbekistan namens »Der Bauer und das Böse«, das aus unerfindlichen Gründen auf einigen Filmfestivals preisgekrönt worden war. Es ging um einen Landwirt, der enteignet wurde, oder so ähnlich. Marlowski registrierte, bevor er mit wunden Füßen einschlummerte, gerade noch, dass Frau Schwarzberger tatsächlich mir weiblicher Begleitung ein paar Reihen vor ihm saß. »Die Welt ist böse«, rief irgendjemand in dem Film, das nahm er im Halbschlaf noch wahr und dachte: »Ist schon recht.«

Elftes Kapitel

Irgendetwas stimmte nicht, als Dümpel aufwachte und langsam die Augen öffnete. Es war noch fast ganz dunkel, aber er hätte – wie immer von seinem Bett aus – die gepunkteten Vorhänge am Fenster sehen müssen. Doch die waren nicht da. Er sah eine im Finstern weiß schimmernde Wand. Wo bin ich, ging es ihm durch den Kopf, der nun zunehmend zu schmerzen begann. Auch der Nacken und die Schultern taten ihm weh. Er konnte sich kaum rühren, fühlte sich wie gelähmt.

Ist das die Schwere des Lebens, die mich niederdrückt, fuhr ihm eine seltsame Frage durch den schmerzenden Schädel, der nun auch einen sirrenden Ton wahrnahm. Oder bin ich am Ende betäubt und entführt worden und werde hier irgendwo gefangen gehalten? Ich muss mich aufrichten, unbedingt, ich muss hier raus, dachte er alarmiert. Und irgendwie gelang es ihm schließlich, sich zu bewegen, obwohl seine Hände auf dem weichen Polster, auf dem er lag, keinen rechten Halt fanden.

Und da saß er nun – auf dem Sofa in seinem Wohnzimmer und schaute auf das Testbild des laufenden Fernsehers, im offenen Hemd und sonst nur mit Unterhose und Socken bekleidet. So langsam fanden nicht nur seine Hände, sondern auch die Gedanken im Kopf wieder Halt. Und entsprechend haarscharf folgerte er: Da bin ich wohl vor der Glotze eingepennt und in einer ungünstigen Lage auf diesem unbequemen Sofa herumgelegen.

Dümpel rieb sich den Nacken. Jetzt erst mal einen Kaffee, dachte er, stand mühsam auf und machte Licht. Da sah er auf der Uhr an der Wand, dass es gerade mal kurz nach fünf morgens war – eigentlich viel zu früh, um aufzustehen. Aber er hatte das Gefühl, dass er ohnehin nicht mehr einschlafen konnte. Mit dem Kaffeebecher in der Hand setzte er sich wieder aufs Sofa und schaute in das Fernsehheftchen, das aufgeschlagen vor ihm auf dem Tisch lag. Was habe ich denn gestern Abend eigentlich angeschaut, fragte er sich. Ach ja, im Kulturkanal kamen zwei Krimiklassiker der schwarzen Serie hintereinander: »Der Malteser Falke« und »Tote schlafen fest« mit Humphrey Bogart in den Rollen der Detektive Sam Spade und Philip Marlowe – großartige Filme, die sich Dümpel immer wieder gern anschaute.

Und danach hatte er noch Teile eines Kulturmagazins gesehen. Der Inspektor überlegte, worum es darin gegangen war. Richtig, fiel es ihm wieder ein, zum einen um diese Caroline Blateur, die angeblich reichste Frau der Schweiz. Die hatte jetzt eine Stiftung gegründet zur Förderung der Archäologie, mit der Begründung, dass sie Erbin eines Unternehmens mit großer Vergangenheit sei und sie deshalb nun die Erforschung der Geschichte aller Menschen fördern wolle. Sehr pathetisch, dachte Dümpel. Und dann, so kam ihm wieder in den Sinn, ging es in einem weiteren Beitrag noch um irgendein preisgekröntes Sozialdrama aus Kirbekistan, einen Film namens »Der Bauer und das Böse«. Dabei bin ich wohl eingeschlafen, dämmerte es ihm.

Und plötzlich erinnerte er sich auch wieder an Fetzen eines merkwürdigen Traums. Er hatte an einem großen Tisch gesessen, der übersät war mit Puzzleteilen. Auf diesen hatte er zwar nichts erkennen können, sie waren alle nur schwarz, wie es schien, aber irgendwie wusste er im Traum: Das muss die Milchstraße über den Kanaren in fünftausend Teilen sein. Und dann hatte er plötzlich auf der anderen Seite des Tisches einen Mann gesehen, dessen Gesicht er nicht erkennen konnte. Der Mann sagte irgendwas wie:

»Die Wahrheit liegt in mir, und sie liegt im Universum. Also bin ich das Universum.« Dümpel hatte daraufhin im Traum zu fliehen versucht, doch er kam nur bis zu einer Tür, vor der ein riesiger Hund stand, der ihn mit traurigen Augen anstarrte. Und obwohl das Vieh mindestens zwei Meter groß war, meinte Dümpel zu erkennen: Das ist ein Dackel. Mehr war von dem Traum nicht übrig geblieben. Glücklicherweise, dachte der Inspektor. Man muss schließlich nicht jeden Mist im Kopf behalten.

*

Dümpel fühlte sich verständlicherweise ziemlich gerädert, als er später im Polizeipräsidium eintraf. Doch er ahnte schon, dass darauf niemand Rücksicht nehmen würde. So war es dann auch. Immerhin gab es zunächst einen Moment der Erleichterung für ihn. Als er an seinem Schreibtisch saß und die Post durchsah, war darunter nicht schon wieder ein Päckchen von diesem seltsamen Hans Marblinger. Vielleicht sollte ich den mal überprüfen lassen, dachte Dümpel gerade, als sein Denken abrupt in eine andere Richtung gelenkt wurde. Denn aus dem Nebenzimmer ertönte wieder mal das durchdringende Organ des Kollegen Dimpflmoser: »Ja, wos iss denn dös?« Dümpel war klar, dass im nächsten Moment die Kleinschmidt irgendwas verkünden würde – und auch wenn sie dies im Konjunktiv tat, bedeutete es für ihn stets reale Hektik. Spätestens bei drei ist sie da, dachte er und begann zu zählen: eins, zwei, drei – nichts geschah. Dümpel wollte schon durchatmen, da wars dann doch so weit.

»Wir hätten da wieder mal eine Leiche, aber diesmal eine echte, wie es scheint«, erklärte Frau Kleinschmidt und lächelte etwas überlegen. »Na prima«, sagte Dümpel verzückt, »dann gibts ja endlich mal Action in dem Laden. Jetzt fehlt mir nur noch der Herr Schmutzler zu meinem Glück.«

Dieser ließ natürlich nicht lange auf sich warten – und präsentierte wie üblich prompt eine wilde Theorie, ohne den Fundort oder den Toten überhaupt gesehen zu haben. »Die Leiche wurde bei der Baustelle zur neuen Umgehungsstraße in der Nähe des Wattenrieds gefunden beim Ausbaggern einer Baugrube in etwa 1,50 Meter Tiefe«, berichtete der Assistent, während er flott durch den morgendlichen Verkehr steuerte. »Also mir scheint der Fall klar«, fuhr Schmutzler fort. »Genau dort hatte doch vor ein paar Monaten diese Bettlerbande campiert, bis sie entdeckt und vertrieben wurde. Wahrscheinlich sind da welche von denen aneinandergeraten wegen Geld und – zack – hat einer was auf den Schädel bekommen und wurde verbuddelt.«

Dümpel stöhnte innerlich: Wäre die Welt doch so einfach, wie es sich dieser Kerl zusammenreimt. »Gibts sonst noch was?«, fragte er Schmutzler. »Ach ja«, erklärte dieser, »die Leiche ist kopflos.« Na dann passt sie gut zu dir, dachte Dümpel und merkte zynisch an: »Das dürfte den Nachweis Ihrer Totschlagshypothese nicht gerade erleichtern«, wobei dem Inspektor so oder so klar war, dass die Identifizierung eines Toten ohne Kopf ziemlich schwierig werden könnte.

Als sie an der Baustelle eintrafen, hatte eine Streife das Gelände bereits abgeriegelt, denn ein paar Reporter und sonstige Neugierige hatten sich dort schon versammelt. In der Baugrube saß ein Gerichtsmediziner und untersuchte den Leichnam oberflächlich. »Haben Sie schon was?«, fragte ihn Dümpel. Der Mediziner schaute skeptisch. »Diese Leiche sieht irgendwie seltsam aus, die hat so eine ledrige, grauschwarze Haut. Mir scheint, dass die hier schon länger liegt und der tote Körper durch den feuchten Dreck in Seenähe in gewisser Weise konserviert worden ist.« Dümpel wurde nachdenklich. »Können Sie abschätzen, wie lange?« Der Gerichtsmediziner legte den Kopf schräg und meinte: »Puh, kann sein schon ein Jahr, vielleicht aber auch deutlich länger.«

Der Inspektor schaute Schmutzler an, dessen Bettlerbanderäuberpistole damit erledigt war. »Okay, okay, Chef«, sagte der Assistent eilig und schien ernsthaft nachzudenken, die Stirn in tiefe Falten gelegt. »Genau«, rief er plötzlich, »das Fehlen des Kopfes könnte doch auf einen Ritualmord hinweisen!«

Dümpel zweifelte einmal mehr an der Kombinationsgabe – um nicht zu sagen: dem Verstand – seines Assistenten. Er fragte einen Bauarbeiter, der nahe der Grube stand, ob er irgendwo einen Kopf gesehen habe. Dieser antwortete trocken: »Na den hat ihm doch der Schorsch weggebaggert!«, und dabei zeigte er auf den Mann, der neben dem Bagger stand. Der Gerichtsmediziner bestätigte Dümpel, dass der Kopf des Leichnams ziemlich grob abgerissen worden war.

Der Inspektor musste plötzlich grinsen, als er sich an Schmutzler wandte: »Ich habe eine schöne Aufgabe für Sie. Durchwühlen Sie doch bitte den ganzen Dreck, der hier ausgebaggert und bereits abtransportiert worden ist. Und kommen Sie ja nicht kopflos zurück!« Schmutzler nickte und machte sich sofort mit einer Streife auf den Weg.

Als der Assistent fort war, meinte der Gerichtsmediziner plötzlich zu Dümpel: »Die sackartige Kleidung des Toten, seine seltsam primitiven Bastsandalen und der steinerne Dolch neben ihm führen mich zu der Vermutung, dass er hier schon sehr viel länger als ein Jahr liegt – wohl eher ein paar Jahrtausende.« Dümpel rief daraufhin umgehend den Kreisarchäologen hinzu. Dieser bestätigte auch prompt die

Annahme des Rechtsmediziners. Es handelte sich tatsächlich um die erste Moorleiche aus der Steinzeit, die je in der Region gefunden wurde. Und den verloren gegangenen Kopf konnte Schmutzler wirklich wieder ausfindig machen, auch wenn dieser etwas demoliert war – der Kopf, nicht Schmutzler.

*

Die Moorleiche wurde sorgfältig verpackt und zur weiteren Konservierung sowie Untersuchung abtransportiert. (Wie sich bald herausstellen sollte, stammte der tote Mann im Wattenried mit ziemlicher Sicherheit aus der frühen Steinzeit und lieferte damit den Beweis, dass die Gegend bei Günstlingen bereits noch früher als bisher angenommen besiedelt gewesen war.)

Darüber waren natürlich alle hocherfreut: Dümpel, weil er keinen komplizierten Mordfall zu klären hatte; die Archäologen sowieso, weil sie was zu forschen hatten; und auch die Medienvertreter, weil sie, wenn schon nicht über einen spektakulären Mord, so doch wenigstens über einen sensationellen Fund berichten konnten.

Und noch einer gab sich extrem erfreut: der OB Frank Schimmelmann. Er strotzte in einer Pressekonferenz vor Stolz, dass diese »Mega-Moorleiche« bei »seiner Stadt« gefunden worden war. In Anlehnung an den Fundort taufte er zu allem Überfluss den wehrlosen Toten »Watti«. Und dabei entblödete sich der OB nicht, dessen Entdeckung auch noch quasi als seinen Verdienst auszulegen. »Dieser tolle Fund wäre nicht möglich gewesen, wenn nicht wir, also ich und meine Partei, uns so vehement für den Bau der Umgehungsstraße eingesetzt hätten – gegen die Bedenken von Naturschützern«, meinte Schimmelmann allen Ernstes.

Und dann kündigte er noch vollmundig an, er werde die neue Blateur-Stiftung zur Förderung der Archäologie anschreiben, um hier vielleicht noch weitere »Schätze der Menschheit« ans Licht zu bringen.

Dümpel fiel dabei auf, dass der OB eines offenbar bewusst nicht sagte: Dass sich nämlich der gerade erst begonnene Bau der Straße, für den er doch sooo gekämpft hatte, dadurch um einiges verzögern dürfte, weil nun erst einmal die Archäologen eine Weile am Buddeln sein würden. Ja, ja, dachte der Inspektor, unser werter OB ist halt einer dieser Politiker, die sich die Wahrheit so zurechtbiegen, wie sie es gerade für nützlich befinden. Der Herr Schimmelmann wäre vermutlich auch ein erfolgreicher Immobilienhändler geworden, der einem eine Bruchbude als Traumschloss verkauft.

*

Dümpel kam dennoch unverhofft entspannt und gut gelaunt im Feierabend an und freute sich auf ein gemütliches Bierchen. Doch dann wurden ebenso unverhofft dort seine Nerven strapaziert. Denn das Lokal war ungewohnt voll – mitten unter der Woche. Den »Professor« konnte Dümpel allerdings nirgendwo entdecken. Der hat sich vielleicht schon wieder aufgemacht, weil er keinen Platz an der Theke gefunden hat, dachte der Inspektor. Denn den »Professor« hatte er noch nie an einem Tisch sitzen sehen – es gehörte wohl auch zu dessen Prinzipien, seine zwei Weizen im Stehen einzunehmen.

Dümpel gelang es dann schließlich doch noch, ein enges Plätzchen am Tresen zu ergattern. Als er sich von dort aus umschaute, registrierte er erst, warum der Feierabend so voll war: Mindestens ein Dutzend der Gäste in dem kleinen

Lokal waren junge Männer, die einen Junggesellenabschied feierten. Sie trugen alle weiße T-Shirts mit der Aufschrift: »Immer wieder geht noch einer«. Nur einer von ihnen hatte ein rotes Hemd an, das war wohl der Bräutigam. Ein anderer der jungen Männer sprach plötzlich Dümpel an: »Wir machen ein paar Spiele. Jetzt geht es gerade um den Hauptgewinn, wir verlosen einen Rathaussturm.« Dümpel lehnte säuerlich lächelnd ab. »Mir liegt der letzte Schmotzige noch schwer im Magen wie acht Kilo Steak.«

Zwölftes Kapitel

Felix Marlowski saß in der Mini-Küche seiner kleinen Zweizimmerwohnung und nippte am dritten Espresso des Vormittags. Er hatte die Watti-Geschichte im Seeboten gelesen. Den Reportern war – wie Dümpel – auch aufgefallen, dass der Günstlinger OB Schimmelmann mit seinem Eigenlob von der Verzögerung beim Straßenbau ablenken wollte. »Mindestens ein halbes Jahr, wenn nicht länger, werden die Bagger ruhen«, hieß es in dem Artikel. Na super, dachte Marlowski, kein Stauende in Sicht. Vielleicht sollte ich gleich nach Günstlingen umziehen, da gefällt es mir eigentlich ohnehin besser. Von der Nudel-Stadt Stanz hatte er sowieso die Nase ziemlich voll. Er ahnte nicht, dass ihm diese Entscheidung schon bald notgedrungen leichter fallen würde.

Die Geschichte von dem toten Mann aus einer fernen Vergangenheit ließ seine Gedanken abschweifen hin zu einem alten Freund aus früheren Zeiten: Shmuel Spadsky. Er hatte lange nichts mehr von ihm gehört, sie hatten sich aus den Augen verloren. Warum eigentlich? Marlowski wusste keine Antwort außer: Es hat sich so ergeben. Er hatte den Kontakt nicht abbrechen wollen – und Shmuel sicher auch nicht. Aber irgendwann telefonierten sie immer seltener und dann gar nicht mehr. Es war wohl so, dass jeder zu sehr beschäftigt war mit seinen eigenen Wahrheiten und dabei den Blick fürs Wesentliche verlor, fürs Ganze. Marlowski wusste nicht einmal, wo Shmuel aktuell sein konnte. Als sie das letzte Mal Kontakt gehabt hatten, vor Jahren, war er in Norddeutschland und versuchte sich als Privatdetektiv.

Sie hatten sich bereits in der Schule kennengelernt. Felix war damals dreizehn, Shmuel sechzehn. Aber trotz des

Altersunterschieds, der gerade bei Jugendlichen bekanntlich eine größere Rolle spielt, hatten sie sich auf Anhieb verstanden und wurden Freunde. Denn sie hatten ein gemeinsames Interesse, ja es war geradezu eine Leidenschaft: Sie schnüffelten gern ihren Mitschülern hinterher. Sie nannten das »Spiel des Lebens« und schrieben alles, was sie herausfanden, fein säuberlich in einem Ringbuch auf. Dieses nannten sie Akte W wie Wahrheit. Vor allem Jungs spionierten sie aus und beobachteten diese, wenn sie heimlich Hasch rauchten, ihr Moped frisierten, ohne Führerschein Auto fuhren oder sogar die ersten sexuellen Kontakte suchten. Doch so leidenschaftlich Felix und Shmuel ihre Erkenntnisse auch sammelten, so wenig interessiert waren sie daran, daraus irgendwelche Schlussfolgerungen zu ziehen oder diese auszunutzen. Sie wollten ihre Mitschüler nicht verpetzen oder gar erpressen. Es war der reine Selbstzweck, Wissen zu sammeln, um es zu haben.

Seltsam, dachte Marlowski plötzlich. Heute ist es bei mir genau andersherum. Ich sammele Erkenntnisse über andere, nur um dies auszunutzen. Persönlich ist es mir völlig egal, was diese Leute treiben; das ist keine Wahrheit, die ich suche. So war es sogar bei Peter Waller gewesen. Ob der mit zehn oder zwanzig fremden Frauen ins Bett ging, war Marlowski gleichgültig. Erst als der Bastard plötzlich tot war, interessierte ihn der Mensch.

Im nächsten Moment erklang der Dylan-Klassiker »Knockin' on Heaven's Door«, der Rufton von Marlowskis Handy. Das könnte Shmuel sein, hoffte er spontan. Da ich an ihn gedacht habe, hat er vielleicht auch an mich gedacht, reimte er sich eine Seelenverwandtschaft zusammen, die es früher einmal gegeben hatte, die aber heute offenbar längst verschüttet und bestenfalls halbwegs konserviert war wie eine Moorleiche.

Denn es war natürlich nicht Shmuel, der anrief. Am Telefon war der ihm bis dahin unbekannte Hans Marblinger. »Wir haben eine gemeinsame Bekannte, Isolde Waller«, sagte der Fremde. Seine Stimme klang eigentlich angenehm, doch die Vertraulichkeit war Marlowski irgendwie unangenehm. »Ich habe sie auf dem Friedhof kennengelernt«, fuhr Marblinger fort, »eine sehr nette junge Frau.«

Nett, dachte Marlowski, so konnte man diese seltsam leblos wirkende Isolde Waller natürlich auch charakterisieren – zumindest, solange man sich nicht näher mit ihr befasst hatte. »Und weshalb rufen Sie mich an?«, fiel Marlowski dem Fremden ungeduldig ins Wort.

»Sie hat mir das von ihrem Mann erzählt, von seinen merkwürdigen Geschäften und dem verschwundenen Fußpuder, und dass Sie vermuten, er sei ermordet worden«, erklärte Marblinger mit ruhiger Stimme. Marlowski konnte kaum glauben, was er da hörte. Er wusste zwar, dass Isolde Waller reichlich naiv war. Aber dass sie einem ihr völlig Fremden das alles einfach so erzählte, ließ ihn an ihrer Zurechnungsfähigkeit zweifeln. Vielleicht hatte sie aber auch durch den plötzlichen Tod ihres Peters einen Schock erlitten, der sich nicht nur darin ausdrückte, was und wie sie es sagte, sondern in einem geistesabwesenden Verhalten.

»Sie müssen wissen, ich bin ein kleiner Hobbydetektiv«, fuhr Marblinger fort, »und ich habe eine Theorie, wie und warum Peter Waller ermordet wurde. Diese würde ich Ihnen gern näher erläutern bei einem persönlichen Treffen, wenn Sie möchten.«

Das klingt zwar alles etwas seltsam, dachte Marlowski, aber auch nicht völlig unvernünftig. Vielleicht bringt es mich tatsächlich der Wahrheit näher. Zu verlieren habe ich dabei jedenfalls nichts – außer ein bisschen Zeit. Also willigte er ein. »Um 15 Uhr in the City-Café«, sagte Marlowski deshalb. »Ich trage einen blauen Anzug – ungebügelt.« Er konnte dabei nicht wissen, dass er den Irrsinn bedenklich nah an sich heranließ.

Zunächst wollte Marlowski ohnehin einen für ihn ungleich klareren Fall abschließen. Er rief Doktor Schwarzberger an und vereinbarte einen baldigen Termin. Als er in der Praxis eintraf, verabschiedete der Frauenarzt gerade wieder eine Hochschwangere. »Das scheint ein kinderreiches Jahr zu werden«, sagte der Doktor nachdenklich, als er Marlowski mit einer Geste in sein Sprechzimmer bat. »Ich hatte noch nie so viele schwangere Patientinnen.« Marlowski nickte. »Die Zahl der Ehebrüche ist auch gestiegen«, als vermutete er einen Zusammenhang. Schwarzberger schaute ihn irritiert an. »No, no«, beeilte sich der Detektiv um eine Klarstellung, »nicht Ihre Frau! Well, ich denke, ihr Filmgeschmack ist a bit strange. Aber sonst, I believe, ist sie okay.«

Der Doktor wirkte nun wieder etwas nachdenklich. Einerseits hätte er sich freuen müssen über diese Einschätzung. Aber er konnte weiterhin die merkwürdigen Andeutungen seiner Frau nicht verstehen. »Vielleicht sollte ich mit ihr einfach mal über alles reden«, sagte er. Marlowski nickte zustimmend. »Es ist immer besser, zu reden, als zu sein the talk of the town.«

Bevor er sich mit diesem Marblinger treffen konnte, musste Marlowski noch zum Anstandsbesuch in die Detektei. Es war 13.43 Uhr, als er dort eintraf. »Baby Blue, Baby Blue«, empfing ihn Bernadette mit gespieltem Tadel, »wenn du so weitermachst, musst du demnächst ein paar besondere Überstunden leisten.« Und dazu klimperte sie noch wilder als sonst mit ihren Augendeckeln und lächelte so verführerisch, wie sie nur konnte.

Marlowski hatte spontan Lust – aber nicht etwa auf das

Chef-Töchterchen, sondern darauf, sich einen Spaß mit ihr zu erlauben, und deshalb ging er diesmal auf das Spiel ein. »Sehr gern, Baby Blonde! Wenn du dabei erteilst die Order, ich werde ackern like a horse«, sagte er frech grinsend und schaute ihr möglichst auffällig und tief in den Ausschnitt.

Das war für Bernadette offenbar mehr Reaktion, als sie provozieren hatte wollen. Jedenfalls hörte sie augenblicklich auf zu klimpern und zu lächeln. Stattdessen lehnte sie sich zurück und verschränkte demonstrativ die Arme vor ihrer Brust. »Wie wärs, wenn du wieder mal dein Büro aufräumen würdest«, sagte sie wie ein trotziges Kind, was sie im Grunde ja auch war. Marlowski verließ schmunzelnd die Detektei, doch die gute Laune sollte ihm schon bald wieder vergehen.

Marblinger saß bereits an einem Tisch, als Marlowski im City-Café eintraf. Er hatte ein kleines, flaches Päckchen vor sich liegen, auf das der Detektiv unwillkürlich einen Blick warf. Es war an Inspektor Diethelm Dümpel adressiert. Da sollte ich später mal beide fragen, was sie miteinander zu tun haben, dachte Marlowski. Doch im ersten Moment verlieh das Päckchen dem Fremden einen Anstrich von Seriosität. Marblinger war Anfang sechzig, mittelgroß und leicht untersetzt. Er stellte sich als Frühpensionär vor. »Man hat mich sozusagen unfreiwillig frühzeitig aus dem Verkehr gezogen«, umschrieb er es durchaus treffend, wie sich später herausstellen sollte.

»Was haben Sie mir zu sagen?«, wollte Marlowski schnell zur Sache kommen. Doch Marblinger ließ sich nicht aus der Ruhe bringen – zumindest vorerst. »Wissen Sie, ich befasse mich schon länger mit rätselhaften Fällen«, erklärte er. »Da gab es zum Beispiel einen, wo es um eine Erbschaft ging, zu der auch ein Gemälde gehörte.« Marlowski versuchte ebenfalls, die Ruhe zu bewahren, und bestellte einen doppelten Espresso. »In dieser Geschichte starb ein Familienmitglied nach dem anderen – teils scheinbar durch natürliche Ursache oder Unfall. Es waren aber alles Morde!«, wurde Marblinger plötzlich lauter und erregter, wobei sich sein Blick verfinsterte. Marlowski war das etwas unangenehm, es saßen schließlich noch andere Gäste im Café, die nun herüberschauten. »Please, bleiben Sie ruhig!«, sagte daher der Detektiv. Marblinger hatte sich auch schnell wieder gefangen und fuhr fort: »Es ging dabei einzig und allein um dieses Gemälde, denn dieses war sehr wertvoll. Das wussten aber nur ein Kunsthändler aus der Familie, natürlich die Mörderin – und ich.« Dabei kicherte er auf einmal überlegen, als hätte er eben den Fall gelöst.

»Okay«, sagte Marlowski, der zunehmend ungeduldiger wurde, »aber was hat das alles mit Peter Waller zu tun?« Marblinger richtete sich auf und schaute nun ein bisschen auf den Detektiv herab. »Das ist doch offensichtlich!«, sagte er leicht vorwurfsvoll, als wollte Marlowski die Wahrheit nicht erkennen. »Ach so«, fügte Marblinger dann plötzlich an, »ich vergaß, zu erwähnen, dass die Mörderin sehr raffiniert vorging. In einem Fall mischte sie zum Beispiel Gift in den Schnupftabak des Opfers.« Und dabei schaute er so aus, als erwartete er eine Gratulation.

Marlowski wurde allmählich bewusst, dass er hier nicht nur ein bisschen Zeit verlieren könnte. Genervt fragte er: »Und dann soll diese Mörderin auch Peter Waller vergiftet haben, or what?« Marblinger lächelte nun auf einmal nachsichtig, wie es Isolde Waller mitunter tat. »Natürlich nicht«, sagte er, »diese Mörderin wurde ja längst hingerichtet – verurteilt von zwölf Geschworenen, wie es sich gehört.«

Marlowski kippte den Rest Espresso in sich hinein, er hatte genug. »Zahlen, bitte!«, rief er dem Kellner zu. »Aber so warten Sie doch«, sagte daraufhin Marblinger hastig, nun selbst nervös wirkend. »Ich habe Ihnen noch gar nicht meine

Theorie erläutert.« Marlowski wollte diese eigentlich schon längst nicht mehr hören, aber dummerweise gab er dem unfreiwilligen Frühpensionär dann doch noch eine Chance. »Now or never, sagen Sie es endlich!«, forderte er Marblinger heraus. »Ich sehe da Parallelen«, beeilte sich nun immerhin auch der selbst ernannte Hobbydetektiv. »Peter Waller machte irgendwelche Geschäfte. Nach seinem Tod verschwindet sein Fußpuder. Und an der Wohnzimmerwand hängen drei Bilder, die vielleicht wertvoll sind.«

Marlowski stutzte. Bilder an der Wand waren ihm in der Waller-Wohnung nie aufgefallen. Hatte er sich zu sehr auf die Witwe und deren Befindlichkeiten konzentriert? Marblinger schien die Verunsicherung des Detektivs zu spüren und bekam nun wieder Oberwasser. »Da ist es doch möglich, angesichts meiner Vorgeschichte, dass Peter Waller mit teuren Bildern gehandelt hat«, meinte er, »und dass er von einem Konkurrenten mit vergiftetem Fußpuder ermordet wurde. Es gibt ja auch Gift, das durch die Haut eindringt. Den restlichen Puder hat der Mörder dann sicherheitshalber verschwinden lassen; so war das auch in dem anderen Fall mit dem Schnupftabak.«

Und obwohl Marblinger dabei zunehmend verwirrt aussah, erschien Marlowski die Theorie nicht gänzlich abwegig – vielleicht wegen eines unterschwelligen Schuldgefühls, die Bilder übersehen zu haben. »Ich werde das überprüfen«, sagte er. Sein Gegenüber schien damit zufrieden. »Sie werden dieses Rätsel lösen«, meinte Marblinger überzeugt und nun wieder ganz ruhig, »aber ich muss jetzt noch zur Post und dann zurück ins Heim für Frühpensionäre.«

*

Marlowski rief Isolde Waller an. Sie war sofort am Telefon. »Schön, dass Sie anrufen«, sagte sie irgendwie tonlos. Und er könne natürlich gleich kommen. »Ich habe eben frischen Früchtetee gemacht.« Als Marlowski bei ihr eintraf, wusste er zunächst nicht so recht, wie er anfangen sollte. Isolde Waller nahm ihm diese Aufgabe ab, indem sie munter drauflos plapperte: »Ich habe einen netten, älteren Herrn kennengelernt. Er heißt Hans Marblinger. Der will Ihnen helfen bei der Mördersuche.«

Marlowski versuchte es auf die sanfte Tour. »Listen, ich kann Ihnen keine Vorschriften machen«, betonte er, »but I think, Sie sollten a bit vorsichtiger sein. It's no good, jedem alles zu sagen!« Isolde Waller verstand ganz offenbar in keiner Weise, was er meinte. »Der Früchtetee ist mir heute besonders gut gelungen«, erklärte sie ebenso stolz wie geistesabwesend. Marlowski sah ein, dass es keinen Sinn hatte, mit ihr zu diskutieren. Deshalb sagte er ganz direkt: »Sie haben drei Bilder an der Wall Ihres Wohnzimmers. Kann ich die sehen?« Sie lächelte verzückt. »Aber natürlich, es sind sehr schöne Bilder.«

Das erste war ein Porträt einer älteren Frau. Sie sah etwas schrullig aus, doch an ihren Augen war zu erkennen, dass sie ziemlich clever zu sein schien. Auf dem zweiten Bild waren Pferde zu sehen, dargestellt war offenbar ein Reiterhof. Und das dritte Gemälde war ein Stillleben: Es zeigte einen Blumenstrauß. »Und diese Bilder hat Ihr Mann gekauft?«, fragte Marlowski. Nun lächelte Isolde Waller wieder mal sehr nachsichtig. »Aber nein«, sagte sie, »Peter hat sich aus Bildern nichts gemacht. Die hat mir der Herr Marblinger gerade erst geschenkt. Das ist doch sehr nett, finden Sie nicht auch?«

Marlowski wusste im ersten Moment nicht so recht, was er davon halten sollte – und zuckte im nächsten zusammen, denn Isolde Waller stand plötzlich ziemlich dicht hinter ihm und erklärte ungewohnt laut: »Der Herr Marblinger sagt, die Bilder gehören zusammen und stellen eine Geschichte dar. Aber für mich ist das ein Rätsel.« Der Detektiv schaute sich die Gemälde näher an – und erkannte zunächst, dass es keine Originale, sondern nur Drucke waren. Und am unteren Rand sah er dann eine kleine Aufschrift: In Memoriam Agatha Christie. Da wurde ihm einiges klarer. Natürlich, das war »Der Wachsblumenstrauß«! Die Story, die ihm Marblinger aufgetischt hatte, war ihm doch gleich irgendwie bekannt vorgekommen. Und klar wurde Marlowski nun ebenso, was mit dem »Heim für Frühpensionäre« gemeint war – dort lebte seit einiger Zeit auch ein gewisser Fritz Legle nicht ganz freiwillig.

Allerdings hatte der malade Marblinger etwas durcheinandergebracht, was wohl an seinem gestörten Geisteszustand lag, dachte der Detektiv. Die Nummer mit dem vergifteten Schnupftabak stammte aus dem Agatha-Christie-Klassiker »Die Mausefalle«. Im »Wachsblumenstrauß« wurden dagegen eine Katze und ein Pferd zu Mordwerkzeugen.

»Ich hol uns mal einen Früchtetee«, sagte Isolde Waller auf einmal und huschte davon. »Not for me«, rief ihr Marlowski hinterher, während er mit der Hand eine fette Fliege verscheuchte, die ihm um den Kopf herumbrummte und dann vor den Bildern hin und her. Eins, zwei oder drei, dachte er plötzlich schmunzelnd. Wenn die sich gleich auf einem der Drucke niederlässt, dann setze ich aufs Pferd. Die Fliege wählte aber die Nase von Miss Marple.

Dreizehntes Kapitel

Aller guten Dinge sind bekanntlich drei, dachte Dümpel, und aller schlechten offenbar auch. Denn in der Post auf seinem Schreibtisch lag schon wieder ein Päckchen von diesem Marblinger, diesmal flach und klein. Der Inspektor hatte mittlerweile in Erfahrung gebracht, dass es sich um einen Freigänger aus der Psychiatrie handelte. Er hatte dort dann angerufen und empfohlen, den Herrn an die etwas kürzere Leine zu nehmen, weil dieser »Leute« belästige. Dümpel hatte bewusst im Plural gesprochen, um die Wirkung seiner Worte zu verstärken, ohne zu ahnen, dass das sogar zutraf.

Jedenfalls wurde seine düstere Laune durch dieses bereits dritte Marblinger-Präsent alles andere als aufgehellt. Wenn es wieder Nudeln sein sollten, dann bestenfalls ein paar Lasagneplatten, ausreichend für eine kleine Portion, dachte er. Und falls es ein Puzzle ist, dann vielleicht diesmal die Milchstraße über den Kanaren in nur fünf Teilen. Dümpel musste dabei schmunzeln, das wäre ja sogar zu schaffen.

Er zögerte, was er machen sollte mit dem schmalen Ding. Soll ich oder soll ich nicht, überlegte er – und entschied sich für den Mittelweg: Er entfernte nur die Hälfte der Verpackung. Auch so konnte er bereits erkennen, dass es ein Film auf DVD war, dessen Titel ihm bekannt vorkam: »Der Bauer und das Böse«. Dieses Meisterwerk des neuen kirbekischen Filmschaffens war vermutlich mit Preisen ausgezeichnet worden, weil es schlaffördernd wirkte, dachte Dümpel. Vielleicht setzen sie das in der Psychiatrie ein, um die Patienten ruhigzustellen. Er kicherte leise vor sich hin, als hätte der Irrsinn doch schon etwas auf ihn abgefärbt. Das

Anschreiben ersparte sich Dümpel aber diesmal. Es war ohnehin in einer ziemlich unleserlichen Krakelschrift verfasst, wie er mit einem flüchtigen Blick wahrnahm. Und er warf das Ganze schnellstens in den Papierkorb.

Das half ihm aber wenig, denn der nächste Wahnsinnige war schon im Anmarsch. »Ja, wos iss denn dös?«, gab Dimpflmoser wie üblich lautstark aus dem Nebenzimmer seine Vorwarnung ab. Und diesmal dauerte es keine drei Sekunden, bis die Kleinschmidt ihren Kopf zur Tür hereinsteckte. »Wir hätten da mal einen etwas anderen Fall«, kündigte sie vielsagend-nichtssagend an. Dümpel musste spontan grinsen. »Lassen Sie mich raten: Einbruchdiebstahl in einer Bäckerei; es wurden große Mengen an Broten und Brezeln entwendet.« Die Kleinschmidt schaute leicht beleidigt. »Nicht ganz. Wir hätten einen Amokläufer im Rathaus.«

Dümpel konnte sich gerade noch die Anmerkung verkneifen: Den haben wir mit diesem OB Schimmelmann doch fast jeden Tag. Zu einer Antwort kam er aber ohnehin nicht mehr, weil schon im nächsten Moment Schmutzler die Kleinschmidt aus der Tür verdrängt hatte und blökte: »Chef, diesmal haben wir es wirklich mit einem religiösen Fanatiker zu tun!« Das sagt ausgerechnet dieser Obernarr, der jedes Jahr am Schmotzige selbst den Amokläufer im Rathaus mimt, dachte Dümpel. »Na dann schauen wir uns diesen schrägen Spaßvogel doch mal genauer an«, meinte der Inspektor ziemlich gelassen, weil vom alltäglichen Schwachsinn inzwischen doch schon etwas abgehärtet. Sein Assistent war dagegen in heller Aufregung. »Die Mitarbeiter der Verwaltung konnten sich zwar alle ins Freie flüchten, doch der Typ scheint unberechenbar und zu allem entschlossen zu sein. Womöglich hat der noch eine Bombe dabei und sprengt das ganze Viertel in die Luft«, ereiferte sich Schmutzler bei der Anfahrt zum Tatort.

Vor dem Rathaus mitten in der Fußgängerzone hatte sich bereits eine große Menschenmenge rund um die Polizeiabsperrung gebildet. Und nebst den Reportern des Seeboten war auch ein Fernsehteam des regionalen Senders Seele-Vision schon vor Ort. »Laut Augenzeugen lief der Irre halb nackt und schreiend durchs Rathaus«, erklärte gerade eine junge Moderatorin in die Kamera, als Dümpel und Schmutzler vorbeigingen. »Er nennt sich Nostradamus Junior und rief Drohungen wie: ›Ihr seid alle dem Tod geweiht! Die Erde wird euch überrollen!‹« Schmutzler fühlte sich bestätigt: »Kein Zweifel, das ist ein Weltuntergangsspinner! Wir sollten das Sondereinsatzkommando anfordern!«

Dümpel überlegte und schaute sich um. Die Verwaltungsmitarbeiter hatten sich – anders als die Schaulustigen – verängstigt an der dem Rathaus gegenüberliegenden Häuserfront versammelt. »Was war denn nun hier los?«, fragte er einen. »Der Verrückte hat Giftgas in die Büros geworfen.«, sagte dieser. »Es stinkt im ganzen Rathaus wie die Pest!« Dümpel hakte nach: »Und hat er auch geschossen?« Der Mitarbeiter antwortete prompt: »Nein, er hat geschissen, dem OB vors Dienstzimmer!«

Was ist denn das für ein Ferkel, dachte Dümpel und verdrehte angeekelt die Augen. Diesen Dreck darf der Depp dann aber selber wegräumen, sobald wir ihn haben. »Wo ist überhaupt der OB?«, fragte er in die Mitarbeiterrunde. »Der Herr Schimmelmann weilt bei der Ausgrabungsstätte im Wattenried«, erklärte seine Sekretärin in hochnäsigem Ton. So, so, er weilt, dachte Dümpel. Hätte nur noch gefehlt, dass seine Vorzimmerdame ihn als Durchlaucht bezeichnet.

Die Befragung wurde jäh unterbrochen, weil der Amokläufer plötzlich an einem Fenster im zweiten Stockwerk erschien. Mit nacktem Oberkörper und langem, verfilztem Haar hing er dort hinaus und brüllte: »Ein dickes Ding aus dem Weltall wird herniederfallen. Und das Feuer der Verdammnis wird über euch kommen wie der Musikantenstadl am Samstagabend!« Und dabei warf er kleine Gegenstände nach unten. Die Menge wich zurück, einige schrien auf. Es waren Glasfläschchen, die auf dem Pflaster zerplatzten, worauf es zu miefen begann. Stinkbomben, wie es aussieht, folgerte Dümpel. So viel zum Thema Giftgas.

»Das reicht jetzt!«, sagte er ebenso genervt wie energisch und winkte zwei Streifenpolizisten herbei. »Wir gehen da jetzt rein und holen uns diesen Knaller!« Und schon eilte er mit den beiden Beamten ins Rathaus. Als Schmutzler dies wahrnahm, lief er hinterher und rief: »Warten Sie doch, Chef! Ich gebe Ihnen Feuerschutz!« Der Irre war inzwischen wieder vom Fenster verschwunden.

Als Dümpel mit seinem Gefolge im zweiten Stock ankam, sah er den Stinker schon von Weitem am Ende des Gangs in sich zusammengesackt am Boden sitzen, neben dem OB-Zimmer. Der Inspektor lief auf ihn schnellen Schrittes zu, die Streifenpolizisten folgten. Da rief plötzlich Schmutzler von hinten mit gezückter Waffe: »Stehen bleiben oder ich schieße!« Dümpel blieb stehen und drehte sich um. »Läuft der Spinner etwa?«, schnauzte er seinen Assistenten an. »Der kann doch nicht mal mehr stehen!« Schmutzler blieb nun ebenfalls stehen und steckte bedröppelt dreinblickend seine Pistole wieder ein.

Der malade Amokläufer trug nur Turnschuhe und eine Jogginghose, die er sich gerade vollsabberte. Neben ihm lag eine Plastiktüte am Boden, in der noch einige Stinkbomben waren. Auf seiner anderen Seite war der Kackehaufen, der sich als stinkender Scherzartikel aus Gummi entpuppte. »Hey, Sie da!«, sprach Dümpel den Kerl in harschem Ton an. »Was ist los mit Ihnen, was soll das alles?« Und weil der offenbar weggetretene Spinner nicht reagierte, gab er ihm eine Ohrfeige. Der Sabbermann wurde dadurch kurzzeitig wieder ein bisschen munterer und lallte etwas wie: »Ich habs gemacht, ich hab gewonnen.« Dümpel wandte sich an einen der Polizisten: »Rufen Sie einen Krankenwagen, der Typ scheint hackedicht zu sein.«

Dies bestätigte die anschließende Blutanalyse im Hospital. Nostradamus Junior hatte eine kräftige Mixtur aus Hasch, Aufputschmitteln und Alkohol im Körper. Und die verfilzte Matte auf dem Kopf stellte sich als Perücke heraus. Ohne diese sah der Spinner wie ein ziemlich normaler junger Mann aus, der Dümpel zudem irgendwie bekannt vorkam. Papiere hatte er natürlich keine dabei. Der Inspektor musste also notgedrungen warten, bis der Depp sein Delirium überwunden hatte.

In der Zwischenzeit wurde das Rathaus desinfiziert und in den Medien wild spekuliert. »Galt der Anschlag gezielt dem OB, der nur rein zufällig nicht im Rathaus war?«, lautete eine der Vermutungen. Doch diese bestätigten sich nicht. Vielmehr war der Fall erschreckend banal. Ein purer Blödsinn hatte den alltäglichen Stumpfsinn in Wahnsinn verkehrt.

*

Als Nostradamus Junior im Krankenhaus endlich wieder zu sich gekommen war, gab er Dümpel ebenso bereitwillig wie kleinlaut Auskunft. »Ich heiße Jeremias Gambler. Wir haben einen Junggesellenabschied gefeiert, der Jonas hat geheiratet. Und der Hauptpreis bei unseren Spielen war ein Rathaussturm, den habe ich gewonnen.« Da kam dem Inspektor wieder in den Sinn, woher er den Burschen kannte: Dieser hatte ihn kürzlich im Feierabend darauf angesprochen. »Ich musste das also tun.«, erklärte der junge Mann völlig selbstverständlich. »Aber zuvor habe ich mich zudröhnen müssen mit allem, was ich kriegen konnte, sonst hätte ich das nicht gepackt. Dafür haben Sie doch sicher Verständnis«, meinte Gambler und lächelte hoffnungsvoll.

»Aber natürlich«, heuchelte Dümpel, »deshalb bekommen Leute wie Sie auch nur eine satte Geldstrafe aufgebrummt und werden nicht viergeteilt und gerädert, wie sie es eigentlich verdient hätten.« Nun schaute Gambler so doof, wie er war. Dümpel verließ zufrieden das Krankenzimmer. Vielleicht lernt der Kerl ja was daraus, hoffte er. Den vor der Tür postierten Polizisten schickte er zurück ins Präsidium. In gewisser Weise bestätigt dieser Fall, dass eine Heirat auch unerfreuliche Folgen haben kann, dachte der Inspektor nun wieder schmunzelnd, als er sich dem Ausgang näherte.

Vor dem Krankenhaus warteten ein paar Reporter auf Neuigkeiten. Als Dümpel denen die Geschichte erzählte, kam er sich selbst irgendwie reichlich naiv vor. Dass er das Ganze vielleicht hätte verhindern können, wenn er im Feierabend aufmerksamer gewesen wäre, sagte er natürlich nicht. Andererseits war ich dort nicht im Dienst, rechtfertigte er sich selbst gegenüber seine Gleichgültigkeit. Einer der Reporter fragte: »Sollte der Typ nicht in der Psychiatrie untersucht werden?« Dümpel grinste: »Ich glaube, dann könnte man die halbe Stadt einweisen – möglicherweise auch uns beide.«

Vierzehntes Kapitel

Es war 13.51 Uhr, als Marlowski die Detektei erreichte – etwas außer Atem. Er war extra im Stechschritt vom Parkplatz dorthin geeilt, um nicht noch mehr zu spät zu kommen. Ein bisschen gespannt war er, wie Bernadette heute reagieren würde nach seinem Späßchen zuletzt. Doch die saß gar nicht am Empfangsschalter und war auch sonst nirgends zu sehen. Und im Büro war ebenfalls niemand. Dafür sah er auf seinem Schreibtisch einen neuen Fall liegen. Als er einen Blick darauf warf, schüttelte er entsetzt den Kopf. Margarethe Schwarzberger wollte ihren Mann überwachen lassen wegen des Verdachts der Untreue. Manche Leute sind offenbar so in ihrer Gedankenwelt gefangen, dachte Marlowski, dass es ihnen unmöglich ist, klüger zu werden. Vielleicht war dieser Frau aber auch das kirbekische Filmdrama nicht gut bekommen.

Plötzlich stand Bonmot hinter ihm im Türrahmen, den er natürlich komplett ausfüllte. »Das hat keine Eile – hier sowieso nicht«, sagte er zu Marlowski und fügte genüsslich an: »Du weißt ja: Die Eiligen sind die, die sich im Ziel langweilen, weil sie so lange auf die Gemütlichen warten müssen, die sich viel Zeit lassen.«

Marlowski dachte einen Moment darüber nach, nickte dann und fragte: »Wo sind the others?« Bonmot zuckte mit den mächtigen Schultern, was einem kleineren Erdbeben glich. »Niemand und keiner sind weder hier noch da, my lovely. Wir können also in aller Ruhe ein bisschen schmusen.«

Marlowski musste unwillkürlich grinsen. Die Vorstellung, mit diesem Koloss Zärtlichkeiten auszutauschen, ließ ihn daran denken, wie es wohl wäre, einen Elefanten hinterm Ohr zu kraulen.

»Und du musst schon entschuldigen, dass ich dich, den Meister der Spätheimkehrer, vorhin nicht gebührend empfangen habe in dieser unehrenwerten Behausung«, erklärte Bonmot. »Aber ich musste mal eben testen, wie viel die Kanalisation hier in Stanz verkraftet, oder wie es der alte Sepp staatsmännisch formulieren würde: Da isch drauf g'schisse.« Und dazu grinste er so breit, dass auch Marlowski zunehmend heiterer gestimmt war. »You're right, dieser Fall Schwarzberger kann warten. Das ist sowieso ein worst case.« Bonmot klatschte seine Pfannenhände zusammen, was wie der Tusch in einem klassischen Konzert klang. »Also dann: Farewell, my lovely. Der Kasspatzen-Abend beginnt um 19 Uhr – und nicht um 19.51!«

*

Marlowski kam um 18.59 Uhr beim Häuschen von Claude Bonmot an. Dessen Frau Brigitte begrüßte ihn herzlich mit einem »Servus, Felix«. Luigi Loretto war schon da, als er den kleinen, aber lauschigen Garten betrat. Und dann kam auch der Hausherr mit stampfenden Schritten aus der Terrassentür, was Marlowski an die frühen japanischen Godzilla-Filme erinnerte, in denen ein Mensch in dickem Gummikostüm durch Spielzeuglandschaften stapfte.

»By the way«, sagte er zu Bonmot, »I didn't know, dass Kasspatzen auch in Luxemburg eine Spezialität sind.« Der Kollege entgegnete grinsend: »Das weiß ich auch nicht. Aber wie gesagt, es ist das einzige, was meine Brischitt kochen kann, das dafür aber umso formidabler. Und außerdem«, so merkte er noch an, »sind die Kasspatzen auf dem Tisch in jedem Fall besser als die gegrillten Täubchen auf dem Dach.«

Kurz darauf trug seine Frau drei große, prall gefüllte Schüsseln in den Garten. Marlowski und Loretto schöpften sich erst zögerlich, aber dann immer mehr, denn es schmeckte ihnen wirklich sehr gut – zu gut, weshalb sie mehr als nötig aßen und schließlich ziemlich übersättigt in ihren Stühlen hingen. Loretto stöhnte, Marlowski rülpste, und Bonmot lächelte.

»Wollt's ihr drei noch an Marillenschnaps?«, fragte die Hausherrin. Marlowski war ein bisschen verwundert über den Dialekt. Luxemburgisch hatte er sich irgendwie anders vorgestellt. Bonmot sah ihm das wohl an, denn er erklärte: »Sie kommt aus Vorarlberg.« So oder so hatte niemand der Anwesenden etwas gegen einen Schnaps einzuwenden angesichts des Käse-Teig-Klumpens im Bauch – in der Hoffnung, den Verdauungsvorgang etwas zu befördern.

Zur Ablenkung vom Völlegefühl erzählten sich die Detektive von ihren jüngsten Fällen. »Mamma mia«, machte Luigi Loretto den Anfang, »diese Fabrikarbeite, Arald, der kanne nickt arbeite bei die Plinki. Der hatte nickt einmal sein eigene Nudel unter Kontrolla.« Marlowski stöhnte, und Bonmot rülpste. »Er iste abe auch eine arme Kerl«, erklärte Loretto. »Die ganze Tag er prüfe bei die Schlüpf Sexpuppe, ob ganz dickt. Da iste doch normale, dass er komme auf schlüpfige Gedanke«, meinte er nachfühlend. Bonmot stöhnte, und Marlowski rülpste – beide nickend.

Als nächstes war der Hausherr an der Reihe. »Oh la la, dieser Lehrer ist vielleicht ein glibbriger Wicht, wie ein zu heiß gebadeter Tintenfisch! Der hat sich nach Schulschluss mit einer sechzehnjährigen Schülerin im Klassenzimmer eingeschlossen. Und dann hat er losgelegt, als wäre er selbst noch ein Teenager, ein hochpubertärer. Der hat an dem Mädel rauf und runter rumgefingert und -gefummelt, als wollte er ihr die Maße abnehmen fürs Hochzeitskleid. Aber das Beste war«, und dabei begann Bonmot zu kichern, »der Wortquark, mit dem er sie zugekleistert hat. ›Du bist mein Morgenstern im lauen Abendwind, der lieblich um deine Fesseln spielt, bevor er sanft dein zartes Kleid anhebt und den Blick freigibt auf den süßesten Honigtau.‹«

Bonmot lachte nun los, wodurch erst sein Bauch und dann der Tisch zu wackeln anfingen und die fast leeren Spatzenschüsseln darauf umherhopsten. Auch Marlowski und Loretto mussten lachen – allerdings unterbrochen von Rülpsen und Stöhnen. »Ich sag euch, Kollegas, ich konnte mich nur mit größter Mühe beherrschen, da nicht schon in meinem Versteck in Gelächter zu verfallen.« Wobei sich Marlowski plötzlich fragte, wo und wie sich dieser Berg von Mensch überhaupt verstecken konnte.

Als sich die drei Detektive wieder beruhigt hatten, merkte Marlowski zu den Berichten von Bonmot und Loretto rülpsend an: »Wie es halt so ist: Some like it hot und das nicht nur in the heat of the night.« Worauf Bonmot meinte: »Das hast du jetzt aber schön gesagt, Felicitas. Diese beiden Filme mag ich auch gern.« Loretto schaute etwas irritiert, weil er offenbar nicht folgen konnte – und stöhnte.

Schließlich erzählte Marlowski noch von seiner Shoppingtour mit Frau Schwarzberger und dem unsäglichen Kinobesuch im Anschluss. Bonmot schmunzelte. »Ja, ja, es gibt einfach zu wenig Diktaturen in dieser Welt.« Nun schaute auch Marlowski irritiert. »Nicht dass ich eine Vorliebe hätte für gewalttätige Popanze mit Allmachtsfantasien«, betonte der Hausherr, »aber die unterdrücken wenigstens – nebst dem Volke – auch die Produktion solcher unerträglicher Sozialdramen.« Marlowski lachte, erklärte dann aber: »Das hätte in this case leider auch nichts genützt. Der Film wurde im Exil gedreht, in Kroatien, so wie früher Winnetou.«

Die nächste Viertelstunde herrschte sozusagen das Schweigen der Belämmerten am Tisch – abgesehen von ein paar Rülpsern und Stöhnern. Die drei Detektive hielten sich die vollgestopften Bäuche. Dann trug Brigitte eine Runde Espresso auf, was allgemein sehr begrüßt wurde.

Und plötzlich sagte Bonmot zu Marlowski: »Was mich schon lange interessiert: Wieso bist du eigentlich aus den USA hier rübergekommen und ausgerechnet in Stanz gelandet?« Marlowski dachte einen Moment nach, als hätte er Erinnerungslücken. »Well, das kam so«, begann er etwas zögerlich. »An old friend of mine, Shmuel Spadsky, er ist Detektiv too, travellte durch Europa. By the way, in London lernte er dabei die berühmte Detektivin Charlotte Olmes kennen, und er gab ihr a little help in einem sehr complicated case.«

Marlowski kam nun immer mehr ins Plaudern. Loretto hörte aufmerksam zu, und Bonmot begann zu grinsen. »In diesem Fall ging es zum einen um einen wertvollen Vogel, einen Falken, hinter dem some strange guys her waren«, fuhr Marlowski munter fort. »Then there was a pornopicture shop, als Buchladen getarnt. Der Besitzer wurde ermordet, und darin verwickelt war die mad Tochter eines old general. Und dann ging es noch um die adlige family of Badgerdog Castle, von der ein member nach dem anderen auf eine strange Art died – angeblich durch einen Monster-Geisterhund und einen Fluch. Well, das war really very complicated, aber Shmuel und Charlotte klärten all of it.«

Loretto verfolgte gespannt die Ausführungen Marlowskis, und Bonmot grinste zunehmend breiter. »Yeah, und Shmuel meinte dann, Europa is great«, berichtete Marlowski weiter. »Da sollte ich auch mal hin. You know, meine Vorfahren stammen aus Ostpreußen, was früher behind the iron curtain war. So I travelled around – finally an den

Bodensee, wo mir das Geld ausging. Then I saw die Anzeige von Gfrier: Internationaler Detektiv wanted. That's it!«

Marlowski lächelte zufrieden und ein bisschen erleichtert. Loretto nickte anerkennend. Bonmot grinste von einem Ohr zum anderen und fragte: »Wie war denn deine Kindheit in den Staaten, von woher dort kommst du? Tell us your story!«

Marlowski lächelte nun etwas verlegen und fuhr zunächst zögerlich fort: »Well, aufgewachsen bin ich in Springfield. Und ich war auch ein really little Springinsfeld, wie man so sagt. I think, I was a happy child.«

Loretto wirkte gerührt, und Bonmot grinste nun über beide Ohren hinaus. Marlowski kam wieder ins Plaudern: »Meine parents hatten einen Kolonialwarenladen. Und one day, ich war in my room über dem Shop, hörte ich Schreie und Schüsse. Ich sah durch das Fenster zum Hof two guys running away. They killed my parents!«

Loretto war nun völlig erschüttert, und Bonmot hielt sich eine Pfannenhand vors Grinsegesicht, als könne er sich das Lachen kaum noch verkneifen. »Ich war gerade ten years old«, erzählte Marlowski munter weiter, »und kam zu einer Cousine meiner mother und deren Mann. Sie hatten a ranch in Montana mit Schafen und Pferden. Aber ich blieb nur seven months dort.«

Diesmal fragte Loretto nach, mit bestürztem Gesichtsausdruck: »Abe wieso denne das? War de Rancher eine böse Mann?« Marlowski schüttelte den Kopf. »No, he was a anständiger Mann. But it was a ranch, auf der Schlachtpferde gemästet wurden. And one morning ich rannte away mit einem horse, das schlecht sehen konnte und gekillt werden sollte. But ich kam nicht weit.«

Da prustete Bonmot los und brach in brüllendes Gelächter aus. »Und hier – haha – mein little Springinsfeld – hohoho – kommst du auch nicht weiter!« Sein massiger Bauch hüpfte nun so sehr auf und ab, dass die Spatzenschüsseln sicher vom Tisch gefallen wären, wenn Brigitte sie nicht schon abgeräumt gehabt hätte. Loretto war völlig irritiert und schaute fragend abwechselnd zu Marlowski und Bonmot. Letzterer pustete weiter: »Tell me – hoho – my bloody valentine – hahaha – hältst du uns für Dick und Doof?« Loretto verstand das Ganze überhaupt nicht mehr. »Der erzählt uns hier – hohoho – einen vom Pferd, hai capito!?«

Marlowski war die Situation jetzt ziemlich peinlich. »Ist ja gut, ist ja gut«, sagte er, »du hast gewonnen. Ich bin nicht aus den USA, ich bin Deutscher durch und durch. Und soll ich euch was sagen, Leute: Ich bin wirklich froh, dass ich nicht länger diese alberne Ami-Nummer abziehen muss.«

Loretto dämmerte so langsam, was los war. Er lächelte nun auch, und Bonmot schaffte es wieder zurück in den Grinse-Modus. »Immerhin«, sagte er anerkennend, »hat er uns zum Schluss die literarische Fassung von FBI-Agentin Clarice Starling aus dem ›Schweigen der Lämmer‹ aufgetischt und nicht die sicherlich weitaus bekanntere Filmversion.«

Marlowski winkte ab, lächelte jetzt aber auch wieder. »Du hast mich einfach überrumpelt mit dieser plötzlichen Fragerei. Da habe ich mir halt auf die Schnelle was zusammengeschustert aus dem, was ich in den vergangenen Jahren so an Filmen gesehen und Büchern gelesen habe, angereichert durch ein paar frei erfundene Passagen. Und den Ami habe ich nur gemimt, weil der alte Sepp das gern wollte und ich den Job brauchte.«

Bonmot nickte verständnisvoll und merkte an: »Dein kleines Literatur- und Kinoquiz aus dem ›Malteser Falken‹, ›Tote schlafen fest‹, dem ›Hund von Baskerville‹ und eben den ›Lämmern‹ war ja auch sehr amüsant. Besonders drollig fand ich dabei den Namen Shmuel Spadsky.« Daraufhin schaute Marlowski fast ein bisschen beleidigt. »Der ist das einzig Wahre an meiner Geschichte, ich habe wirklich einen alten Freund, der so heißt.« Nun winkte Bonmot ab. »Geschenkt! Du bist hier sowieso nicht der einzige Schwindler. Ich hab mich auch a bisserl internationaler gemacht, als ich bin. Gestatten: Ich heiße Klaus Gutmaninger und komme aus Wien. Habe die Ehre!«

Marlowski lachte erleichtert auf, nur Loretto schaute wieder etwas verwirrt drein. »Wie es aussieht«, fuhr Bonmot beziehungsweise Gutmaninger fort, »ist unser Luigi der einzige hier, der echt ist. Oder? Du bist doch Italiano?« Nun lächelte Loretto etwas verlegen. »Fast. Ich bin aus dem Ticino.« Die beiden anderen Detektive lachten los und der Tessiner dann auch. Brigitte kam in den Garten. »Was ist denn hier so lustig?« Ihr Mann gab ihr ein Busserl auf die Wange. »Wir lachen über diese verrückte Welt.«

Mit der zunehmenden Heiterkeit hatte erfreulicherweise das Völlegefühl etwas nachgelassen. Doch dann wurde Gutmaninger alias Bonmot plötzlich ernster im Ton. »Hört mal her, Freunde, ich muss euch noch was sagen, eine wirklich reale Sache: Ich glaube, wir sind bald arbeitslos!« Marlowski und Loretto reagierten verständlicherweise verwundert.

»Es ist so, dass der alte Sepp auch nicht ganz echt ist, genauer gesagt: nicht ganz echt treu, und sein eigenes Tochterherz, die nette Bernadette, ist dem Sepp-Depp auf die Schliche gekommen.« Marlowski und Loretto hörten gespannt zu. »Das blondierte Luder war vor einiger Zeit selbst auf Beutefang in einer schummrigen Bar unterwegs«, erklärte Gutmaninger/Bonmot, »als sie ihren Alten reinkommen sah, untergehakt mit einer reizenden Brünetten. Und die beiden haben dabei nicht nur die Theorie des Zungenkusses diskutiert. Daraufhin hat die missratene Brut ihrem Samenspender einen Privatdetektiv auf den Hals gehetzt, der den alten Sepp dann prompt beim Karnickelspielen erwischt hat.«

Loretto wirkte fassungslos. Marlowski fragte: »Woher weißt du das alles?« Gutmaninger alias Bonmot grinste nun wieder. »Ich kenne den Schnüffler, er heißt Gerlswib. Eine etwas verkrachte Existenz, er handelt nebenbei mit Alteisen, aber eigentlich ein guter Mann, wie auch diese Episode zeigt«, erklärte der Pseudo-Luxemburger und fuhr fort: »Jedenfalls wird sich Mama Gfrier nun scheiden lassen. Und sie will einen Haufen Geld, da wird der Sepp-Depp wohl den Laden verkaufen müssen.«

Marlowski und Loretto waren zunächst reichlich konsterniert, aber dann auch irgendwie erleichtert. »Ich hatte ohnehin schon länger keine Lust mehr, für den Löli den Idioten zu spielen«, sagte Marlowski. »Ich denke, ich ziehe um nach Günstlingen und versuche einen Neustart als Privatdetektiv – mit oder ohne Alteisenhandel.« Gutmaninger, ehemals Bonmot, nickte mit seinem gigantischen Schädel. »Geht mir ähnlich, wobei ich wohl umsatteln werde auf Journalismus. Ich habe schon in Bregenz eine Stelle in Aussicht im Kulturteil einer Regionalzeitung.«

Beide schauten nun zu dem Dritten im Bunde. »Und was wirst du machen, Luigi?«, fragten sie fast im Gleichklang. Loretto lächelte etwas lüstern. »Ich könnte mich bei Schlüpf bewerben. Nachdem der untreue Nudel-Harald entlassen wurde, ist dort eine Stelle frei in der Sexpuppendichtigkeitsprüfabteilung …«

Fünfzehntes Kapitel

Dümpel war für seine Verhältnisse erstaunlich gut gelaunt, als er an diesem Morgen ins Präsidium kam. Darüber war er selbst verwundert. Vielleicht bildet sich auch auf dem Gemüt Hornhaut, wenn stetig darauf herumgetrampelt wird, spekulierte er. Dieser Gedanke war ihm natürlich weitaus angenehmer als die Vorstellung, dass der Irrsinn ihn nicht nur verfolgte, sondern bereits wie ein Schatten an ihm haftete.

Mit einem fast schon fröhlichen »Ich wäre jetzt da« begrüßte er Frau Kleinschmidt, als er ins Vorzimmer kam, »und wenn der Herr Schmutzler Zeit hätte, dann könnte er mich mal.« Sie nahm davon aber kaum Notiz, weil sie gerade wieder am Tratsch-Telefon war, schaute deshalb nur kurz zu ihm auf und nickte. Dümpel fand das trotzdem einen gelungenen Scherz zum Start in den Arbeitstag. Es sind ja oft solche kleinen Späße oder Gesten, unscheinbaren Dinge und Momente, die mehr bewirken, als man erwartet, dachte der Inspektor – als hätte er eine Vorahnung gehabt, was heute auf ihn zukommen würde. Nicht nur seine einigermaßen gute Laune sollte an diesem Tag ungewöhnlich sein.

Das fing schon bei der Post auf seinem Schreibtisch an. Dort fand Dümpel – nein, nicht schon wieder eine Marblinger-Gabe, sondern ein Belobigungsschreiben des Polizeipräsidenten. »Dank Ihres heldenhaften, beherzten Einsatzes konnte der Amokläufer im Rathaus umgehend gestoppt und die öffentliche Sicherheit rasch wiederhergestellt werden«, fabulierte dieser. Dümpel konnte sich an das letzte Lob des alten Schimmelmann gar nicht mehr erinnern und das jetzige nur damit erklären, dass dessen jüngerer Bruder, der OB, den im Grunde albernen Zwischenfall etwas dramatisieren wollte, um die Wichtigkeit der eigenen Person zu unterstreichen. Obwohl das natürlich Blödsinn war, weil über den Quatsch ohnehin schon längst die halbe Stadt lachte – vermutlich die Hälfte, der möglicherweise ein Check-up in der Psychiatrie tatsächlich mal nicht schaden könnte, dachte Dümpel schmunzelnd.

Vielleicht ist der alte Schimmelmann aber auch einfach nur schon ein bisschen verkalkt und hat gar nicht richtig mitbekommen, dass das kein Amok-, sondern ein Koma-Läufer war, mutmaßte er weiter. Wie auch immer: Über das seltsame Lob konnte sich der Inspektor nicht wirklich freuen. Das ist ja so, als hätte ich mein Tellerchen leer gegessen und würde deshalb als Biomüllvermeider gefeiert, fiel ihm ein verquerer Vergleich ein. Um weiteren Grübeleien-Müll zu vermeiden, warf er das Schreiben in den Papierkorb, als könnte er dessen Inhalt damit aus seiner Gedankenwelt verbannen.

Auf seinem Tisch lag ohnehin genügend anderer Schreibkram herum, Unterlagen und Berichte, die er durchsehen und bearbeiten musste. Und so wurstelte sich Dümpel nach und nach durch den Wust, bis er plötzlich eine innere Unruhe verspürte. Und der Grund hierfür war ganz offensichtlich nicht die Präsidentenpost.

Nein, die Ursache für diese Unruhe war die ungewohnte Ruhe, die schon seit dem Morgen herrschte. Er schaute auf seine Uhr, es war bereits nach halb eins, eigentlich Zeit für die Mittagspause, als er spürte, wie seine Hände zu zittern begannen. Vielleicht kommt das vom Hunger, versuchte er sich Mut zu machen, denn er hatte am Morgen sein Tellerchen eben nicht leer gegessen, sondern nur zwei Scheibchen Bierwurst vertilgt. Doch er hatte gar keine Hungergefühle.

Macht mich denn jetzt schon die eigentliche Normalität nervös, fieberte er vor sich hin. Brauche ich den Irrsinn, um nicht selbst durchzudrehen?

Da klopfte es an der Tür, und Dümpel hoffte auf Erlösung. Es war natürlich Frau Kleinschmidt, die den Kopf ins Büro streckte. Und dass er ausgerechnet von dieser Person, die er für kleinkariert hielt, die große Befreiung erwartete, ließ erahnen, wie nah er der Verzweiflung war. Er schaute sie an mit einer Sehnsucht, wie er sie sonst nur für sein Feierabend-Bier empfand.

»Ich habe was mitzuteilen«, sagte die Kleinschmidt. Dümpel fühlte sich dadurch keineswegs erlöst, sondern eher zusätzlich irritiert. »Haben Sie einen Sprachkurs gemacht?«, fragte er mit leicht zittriger Stimme. »Sind Sie sicher, dass Sie nicht was mitzuteilen hätten?« Nun wirkte Frau Kleinschmidt irritiert. »Ja, äh, nein, jedenfalls haben wir einen neuen Fall!«

Dümpel blickte sich hastig im Büro um, als wollte er prüfen, ob das die Realität oder ein Traum sei. Wo war die Vorwarnung geblieben, fragte er sich und dann die Frau Kleinschmidt: »Und was ist mit Dimpflmoser? Hat der heute frei, oder ist er heiser?« Sie verstand die seltsame Fragerei ihres Chefs verständlicherweise nicht und sagte leicht genervt: »Der Kollege sitzt nebenan und verdaut die Kässpätzle, die es heute Mittag in der Kantine gibt.« Puh, dachte Dümpel, auf diese klebrige Pampe hätte ich ja erst recht keinen Appetit gehabt.

Und dann kam scheinbar endlich die Erlösung – ausgerechnet in Form von Schmutzler, der nun in Dümpels Büro auftauchte. »Es gab eine Massenpanik im China-Restaurant Lingeling in der Altstadt. Offenbar wurden einige Personen verletzt. Die Ursache ist unklar«, berichtete der Assistent erstaunlich nüchtern.

Dümpel verspürte innerlich ein Frohlocken über die Rückkehr des Irrsinns und die seiner einigermaßen guten Laune von einst am Morgen. Und so fragte er schmunzelnd: »Wurde Dackel serviert?« Schmutzler schaute zunächst etwas verwundert, grinste dann jedoch und sagte: »Könnte sein, Chef. Vielleicht gabs aber auch Pudel mit Nudel.« Sieh an, dachte Dümpel, der kann ja sogar schlagfertig sein, und sagte: »Na dann sollten wil dem Koch mal übel die Schultel schauen!«

Bei der Fahrt in die Altstadt verspürte der Inspektor dann aber plötzlich wieder eine zunehmende Nervosität in sich. Das lag an Schmutzler, der wirkte so ungewöhnlich gelassen, wurde ihm klar. Eigentlich müsste sein Assistent jetzt doch irgendwas von der Chinesen-Mafia, den Triaden vor sich hin fantasieren, von Bomben und Weltuntergang, dachte Dümpel.

Geradezu erleichtert nahm er dann die Hysterie vor Ort wahr. Es herrschte ein ziemliches Chaos vor dem China-Restaurant Lingeling. Personal und Gäste des Lokals liefen aufgeregt, schnatternd und gestikulierend umher. Sanitäter kümmerten sich um die Verletzten – es waren glücklicherweise nur Schürfwunden und Prellungen zu verarzten. Die Feuerwehr überwachte die Szenerie, nachdem sie einen kleineren Brand gelöscht hatte. Und darum herum waren die Gassen der Altstadt mit Schaulustigen und Reportern gut gefüllt.

»Befragen Sie das Personal«, sagte Dümpel zu Schmutzler. »Ich versuche, aus den Gästen etwas herauszubekommen.« Der Assistent nickte und stürzte sich in die Menge. Der Inspektor schaute sich um und entdeckte ein jüngeres Paar, das offenbar zu den Gästen gehörte und recht gefasst wirkte. »Was ist denn hier passiert?«, fragte er die beiden. »Also, wir hatten eben mit unserer Peking-Ente begonnen«, sagte sie. »Die ist hier viel besser als die Shanghai-Ente«, merkte er an. »Ja, und heute schmeckte sie besonders gut«, erklärte sie. »Wir sind hier nämlich jede Woche mindestens einmal zu Gast«, betonte er. »Da kennen wir uns aus.«

Dümpel schaute hin und her wie bei einem Tennismatch. Dann platzte ihm angesichts dieses Blödsinns der Kragen. »Und was war außer dieser Scheiß-Ente hier sonst noch so geboten?«, brüllte er. Der Irrsinn machte ihn zwar nicht mehr nervös, aber er nervte weiterhin ungemein. Die beiden jungen Leute zuckten zusammen. Vermutlich hätten sie eigentlich eher eine psychologische Betreuung benötigt, doch die Dümpel-Radikalkur zeigte auch Wirkung.

»Es gab plötzlich Geschrei und etwas wie eine Explosion, einen Knall in der Küche«, berichtete die Frau. Ihr Begleiter fügte sogleich an: »Wir sahen Feuer, und dann kamen auch schon die Chinesen schreiend aus der Küche gerannt. Wir sprangen auf, die anderen Gäste ebenfalls, ein paar Stühle kippten um. Alle rannten Richtung Ausgang, einige stolperten über Stühle oder über Leute, die am Boden lagen. Es war ein völliges Durcheinander und natürlich großes Gedränge an der Tür. Das Restaurant war schließlich voll gewesen.«

Dümpel nickte, Panik halt. Viel schlauer war er durch diese Aussage nicht geworden. Der Inspektor hielt nach seinem Assistenten Ausschau. Dieser tippte ihm dann plötzlich von hinten auf die Schulter. Dümpel fuhr herum. »Haben Sie was herausfinden können?« Schmutzler nickte. »War zwar nicht ganz einfach, weil das Küchenpersonal nur ständig irgendwas wie ›Walnulleis, walnulleis‹ rief, aber dann habe ich einen Kellner erwischt, der einigermaßen Deutsch kann«, berichtete er sachlich. »Ja und? Was war da los?«, fragte der Inspektor ungeduldig, worauf sein Assistent nüchtern erklärte: »Ein Sack Reis ist umgefallen.«

Na das ist jetzt wieder typisch Schmutzler, dachte Dümpel und maulte genervt: »Reissäcke fallen in China selbst um und nicht in China-Restaurants am Bodensee!« Der Assistent zuckte mit den Schultern und erwiderte ganz ruhig: »War aber wohl so. Und dadurch wurde eine Kettenreaktion ausgelöst.« Dümpel war zunächst leicht fassungslos, folgerte dann aber: Wenn mich schon die Normalität nervös macht, dann muss man sich eigentlich nicht wundern, dass die Banalität für Panik sorgt.

»Ein Zehn-Kilo-Reissack stand auf einem Tisch in einer Küchenecke«, gab Schmutzler sachlich die Schilderung des Kellners wieder. »Dieser war offenbar nicht ganz korrekt hingestellt worden. Jedenfalls kippte er und stieß dann einen nahe daneben stehenden, halbvollen Zehn-Kilo-Reissack um. Ein Haufen Reiskörner sprangen daraufhin auf dem Tisch und dem Küchenboden herum«, berichtete der Assistent weiter. »Einige der Körner trafen einen der Köche, der ganz in der Nähe am Herd stand. Dieser erschrak und riss in einem Reflex die große Pfanne, in der diverses Fleisch und Gemüse brutzelte, nach oben.« Dümpel schüttelte zunehmend den Kopf. Jetzt sucht mich auch noch der Reis des Bösen heim, sinnierte er.

Schmutzler blieb weiter ganz ruhig und sachlich: »Von dem kochend heißen Pfanneninhalt wurden zwei Küchenhelfer getroffen, die daraufhin das Geschirr, das sie gerade herumtrugen, fallen ließen und zu schreien begannen. Dadurch erschrak der Koch erneut und ließ die Pfanne mit dem siedenden Fett auf das offene Feuer des Gasherds fallen. Dabei gab es eine Stichflamme, durch die zwei Küchenpapierrollen Feuer fingen und einem weiteren Küchenhelfer das Haar angesengt wurde. Daraufhin lief das ganze Personal schreiend in den Gastraum und …«

Dümpel winkte entnervt ab. »Den Rest kenne ich. Das haben Sie sehr gut gemacht«, ließ er sich zu einem spontanen und völlig ungewöhnlichen Lob hinreißen. »Ich glaube, wir werden hier nicht mehr benötigt.« Schmutzler fragte: »Was haben Sie denn herausgefunden, Chef?«, worauf Dümpel säuerlich grinsend erklärte: »Die Peking-Ente ist in diesem Laden klar besser als die Shanghai-Ente. Das behaupten zumindest hartnäckige Stammgäste.« Der Assistent nickte.

Auf dem Weg zum Auto wandte sich Schmutzler erneut an seinen Chef: »Ich hätte noch eine Bitte. Ich würde heute gern etwas früher Schluss machen.« Dümpel musste schmunzeln. »Wollen Sie Frau Kleinschmidt ausführen?« Sein Assistent wirkte verblüfft. »Wie haben Sie das erraten?« Der Inspektor grinste großzügig. »War nur so eine Ahnung.« Auf der Rückfahrt ins Präsidium erklärte Schmutzler dann plötzlich: »Ehrlich gesagt, Chef, als ich von der Panik in dem Restaurant erfahren habe, war ich zunächst überzeugt, dass die Chinesen-Mafia, die Triaden, dahinterstecken.« Dümpel lächelte wohlwollend. Immer nur so sachlich und gelassen würde er seinen Assistenten wohl erst recht nicht ertragen, wurde ihm klar.

*

Den passenden Abschluss fand dieser in mancherlei Hinsicht ungewöhnliche Tag im Feierabend. Das kleine Lokal war fast leer, als Dümpel reinkam. Umso schneller registrierte er, wer da allein an der Theke saß und an einem Espresso nippte: Felix Marlowski.

»Nanu, wie kommen Sie denn hierher?«, fragte der Inspektor verwundert. »Mit dem Auto, aber demnächst vielleicht zu Fuß. Ich werde wohl nach Günstlingen umziehen«, erklärte der Detektiv, was Dümpel noch mehr erstaunte. »Gehen in Stanz die Ehebrecher aus?«, fragte er.

»Im Gegenteil«, sagte Marlowski, »es gibt einen zu viel. Mein Chef hat sozusagen einen Selbstversuch unternommen. Und nun macht dessen Frau aus seiner Nudel Salat mit ziemlich teurem Stress-Dressing.«

Der Inspektor verstand – und freute sich sogar ein bisschen über Marlowskis Ankündigung. Nicht dass er gesteigerte Lust verspürt hätte, öfter mit dem Detektiv zu tun zu haben. Aber ab und zu im Feierabend einen anderen Gesprächspartner zu haben als den »Professor«, wäre sicher ganz gut, dachte er.

Dümpel wusste nicht so recht, was er sagen sollte. Über sein Tagesmenü »Chinese in Chaossoße« wollte er eigentlich nicht reden. Also fragte er – ohne wirkliches Interesse: »Haben Sie denn mittlerweile einen Beweis dafür gefunden, dass dieser Peller ermordet wurde?« Marlowski schüttelte den Kopf. »Waller hieß der Bastard. Und nein, ich habe nach wie vor keinen Beweis. Aber ich brauche auch keinen«, betonte er. »Ich weiß es einfach!« Dümpel nickte nachdenklich. Der ist ja schon sehr von sich überzeugt, dachte er.

»Sehen Sie mich hier an der Theke sitzen und Espresso trinken?«, fuhr der Detektiv provokant fort. »Natürlich, denn das ist die Realität!«, gab er selbst die Antwort auf seine rhetorische Frage. »Und für die Realität brauche ich keinen Beweis.« Dümpel stutzte, das klingt jetzt aber schon etwas überheblich, meinte er.

Darauf weiter eingehen wollte der Inspektor nicht. Musste er auch nicht, weil Marlowski selbst das Thema wechselte. »Sie haben eben von Peller geredet. Kennen Sie einen Walter Peller?« Dümpel schaute nun wieder verwundert. »Nein, wer soll das sein?« Der Detektiv winkte ab. »Ein Fußpuder-Freak, aber das spielt genau genommen keine Rolle mehr.«

Einen Moment herrschte Schweigen. Man muss auch nicht immer quatschen, dachten beide. Doch dann fragte Marlowski plötzlich: »Woher kennen Sie eigentlich Hans Marblinger?« Dümpel reagierte irritiert, weil der Detektiv von dem Puzzle-Psycho wusste. »Kennen ist zu viel gesagt. Das ist ein reichlich verrückter Fan von mir, dem es anscheinend irrsinnige Freude bereitet, mir rätselhafte Geschenke zu machen«, erklärte der Inspektor. »Aber woher kennen Sie diesen durchgedrehten Möchtegern-Hobbydetektiv?« Marlowski winkte wieder ab. »Mir hat er auch ein Rätsel angedreht. Wenigstens das habe ich lösen können.«

Es folgte eine weitere Redepause, während der zwei Frauen mittleren Alters ins Lokal kamen und sich unweit der beiden an der Theke platzierten. Die eine bestellte einen Prosecco, die andere ein gerade aktuelles Modegetränk. Dümpel fiel plötzlich auf, dass Marlowski gar keine englischen Ausdrücke mehr von sich gab. Nachfragen wollte er aber nicht.

Und weil beiden ansonsten offenbar der Gesprächsstoff ausgegangen war, verfolgten sie unwillkürlich die Unterhaltung der Frauen. Das war nicht weiter schwierig, weil diese unnötig laut redeten, als hätten sie der Welt etwas Wichtiges mitzuteilen. Was der Detektiv und der Inspektor da hörten, bereitete ihnen allerdings ziemliches Unbehagen. Denn in dem vermeintlich wichtigen weiblichen Diskurs ging es um das Kirbeken-Drama »Der Bauer und das Böse«. »Dieser Film ist wirklich ein dickes Ding«, meinte die mit dem Modedrink.

Marlowski schaute hastig auf seine Uhr und erklärte: »Ich glaube, ich sollte mich so langsam verabschieden.« Dümpel nickte entschieden. »Oh ja, ich auch!«, und gähnte.

Sechzehntes Kapitel

Dümpel wurde unsanft geweckt durch das gigantische Geläute der Domglocken. Er schreckte im Bett auf: Was ist denn nun schon wieder für ein Alarm, schoss es ihm durch den müden Kopf. Den ließ er aber sogleich wieder ins Kissen sinken, weil ihm bewusst wurde: Ach nein, es ist Ostersonntag, da müssen die Kirchenglocken ja wild schwingen, was nichts daran änderte, dass er endlich wieder mal ein paar freie Tage am Stück hatte. Ich werde mich an Ostern nicht aufregen, schwor sich der Inspektor.

Dies wurde aber kurz darauf auf die Probe gestellt, als er sein Lieblings-Eiscafé Montagna di Ghiaccio am Marktplatz aufsuchte, das nach langer Winterpause seit Kurzem wieder geöffnet war. Diesen Namen konnte er zwar nicht richtig aussprechen, weshalb er das Lokal immer schlicht als das »Montana« bezeichnete. Doch so oder so gab es dort den besten Cappuccino der Stadt Günstlingen, war Dümpel überzeugt.

Er löffelte gerade den schönen, festen Milchschaum seines Cappus ab, als ihm zwei junge Männer ein paar Tische weiter auffielen. Diese schaufelten Spaghettieis in sich rein und kicherten zwischendurch immer wieder. Als wäre die Welt ein Witz, dachte Dümpel. Er verstand sowieso nicht, warum manche Leute ständig was zu lachen hatten. Die Realität war ja im Allgemeinen alles andere als komisch. Wollten das manche Menschen ganz einfach nicht wahrhaben und sich mit einem Lächeln darüber hinwegsetzen? Andererseits, so musste Dümpel einräumen, war die Welt aber doch nicht ganz so schlecht, wie es manchmal schien. Und zudem kann man ja auch lachen über die Leere in der Welt, überlegte er.

Als Dümpel noch einmal genauer hinüberschaute zu dem Tisch mit den beiden kichernden jungen Männern, fiel ihm auf, dass da ein Tier am Boden kauerte. Es war ein Dackel, einer mit seltsam gewellten Ohren, wie ihm schien, mit möglicherweise ondulierten Ohren. Siegfried! Dümpel schloss instinktiv die Augen. Am Ende sind das noch die Klorollen werfenden Narrenbäume, dachte er. Nein, nein, das kann nicht sein, redete er sich ein, davon will ich nichts wissen. Mir langts! Er summte ein Mantra vor sich hin. Und als er die Augen wieder öffnete, waren die beiden jungen Männer samt Dackel tatsächlich verschwunden.

Dümpel bestellte erleichtert einen weiteren Cappuccino, und von der Zeitschriftenablage griff er sich ein Boulevardblättchen. Dort gab es Neuigkeiten über Caroline Blateur, die angeblich reichste Frau der Eidgenossenschaft. Auf der Schweizer Seite des Raußens hatte die auch ein Anwesen, ganz in der Nähe von Stanz, wusste Dümpel. Sie habe einen neuen Lover, verkündeten die Paparazzi, die das Paar in der Nobelvilla der Familie an der Goldküste des Zürichsees aufgespürt hatten. Die Bilder waren allerdings ziemlich unscharf. Neben der üppigen Caroline war darauf ein smarter Typ mit extrem dunkler Sonnenbrille zu sehen.

Dümpel warf das Heftchen beiseite. Warum soll ich mir von diesem Mist meinen leckeren Cappuccino vermiesen lassen, dachte er. Da ist doch sowieso das meiste gelogen. Die Wahrheit ist: Ich bin hier, genieße die kleinen Freuden, und es ist Ostern. Die böse Welt kann warten. Er war mit sich so im Reinen, wie man es als unruhiger Mensch maximal sein kann.

*

Etwa zur selben Zeit war Marlowski mit Isolde Waller auf dem Weg zur Psychiatrie, aber nicht, um sie dort einzuweisen, wofür es möglicherweise Gründe gegeben hätte. Sie wollte dort Hans Marblinger besuchen, ihren »lieben, neuen Freund«, wie sie ihn nannte. Und da hatte Isolde Waller Marlowski gebeten, ob er sie nicht begleiten könne. Er war sich nicht im Klaren warum, ob sie Angst hatte vor den psychisch kranken Menschen dort – oder ob sie am Ende selber die Befürchtung hatte, sie würde gleich dabehalten. Jedenfalls hatte er zugestimmt, weil er ohnehin nichts weiter vorhatte.

Die Psychiatrie war eine ziemlich weitläufige, offene Anlage mit mehreren Gebäuden. Sie fragten daher erst mal bei der Zentrale nach, wo Haus sieben sei, in dem der »liebe, neue Freund« untergebracht war. Hans Marblinger saß in einem lichten Aufenthaltsraum an einem großen Tisch. Dieser war übersät mit Puzzleteilen. Erst ein paar wenige davon hatte Marblinger zusammengefügt. Er schaute angestrengt auf dem Tisch umher auf der Suche nach passenden Puzzlestücken. Marlowski sah die dazugehörige Schachtel auf dem Tischrand liegen: die Milchstraße über den Kanaren in fünftausend Teilen. Sieht ziemlich schwierig aus, dachte der Detektiv, um nicht zu sagen: praktisch unmöglich.

Isolde Waller lächelte verschüchtert. »Hallo, Herr Marblinger«, grüßte sie vorsichtig den Grübler. Der reagierte erst gar nicht, sondern stierte mit geröteten Augen weiter auf das Teilegewirr. Dann hob er auf einmal den Kopf und sagte mit einer merkwürdigen Stimme, die nicht wie seine klang: »Die Wahrheit liegt in mir, und sie liegt im Universum. Also bin ich das Universum, und ich werde dieses Rätsel lösen.«

Marlowski war in der offenen Tür stehen geblieben – und zuckte plötzlich zusammen. Denn hinter ihm auf dem Gang spazierte eine alte Frau vorbei und rief: »Siegfried, wo bist du? Frauchen braucht dich!« Ihr hinterher lief ein junger

Pfleger. Als er Marlowskis verwunderten Gesichtsausdruck sah, erklärte er: »Sie hat den Verlust ihres Dackels nicht verwunden.« Die alte Dame war inzwischen schon ein ganzes Stück weiter durch den Gang gehuscht, weshalb der Pfleger rief: »Frau Constanze Eduard, jetzt bleiben Sie doch mal stehen!«, und eilte ihr hinterher.

Marlowski hatte sich kaum wieder umgedreht, da schreckte er erneut auf, denn eine ihm irgendwoher vertraute Männerstimme hinter ihm sagte: »Sie kenne ich doch. Haben Sie nicht in meinem Prozess ausgesagt?« Es war Fritz Legle. Der kleine, dünne Mann wartete aber keine Antwort ab, sondern schlüpfte im nächsten Moment an Marlowski vorbei und ging direkt zu Marblinger, dem er seine linke Hand auf die rechte Schulter legte.

»Also ich muss schon sagen, lieber Freund, deine Erkenntnisse über Buchstabennudeln treffen vollkommen zu. Seitdem ich jeden Tag meine Suppe esse, geht es mir schon viel besser, ja, ich bin fast geheilt, sagen die Ärzte. Dafür danke ich dir ganz herzlich.« Der Universums-Puzzler reagierte auch darauf nicht, sondern suchte unbeirrt-verwirrt weiter auf dem Tisch umher. Und wie Marlowski später von dem jungen Pfleger erfuhr, war der Kafka-Adept Legle weit davon entfernt, geheilt zu sein. Man gab ihm die gewünschte Buchstabennudelsuppe sozusagen als nahrhaftes Placebo, weil es ihn offenbar beruhigte.

Doch dann geschah plötzlich etwas Merkwürdiges, fast schon Magisches, so erschien es Marlowski. Die Blicke von Legle und Isolde Waller trafen sich, und ihre beiden Gesichter erstrahlten richtiggehend. Als würde ein Engel durchs Zimmer gehen, kam es dem Detektiv spontan in den Sinn. Diese Formulierung kannte er doch irgendwoher, überlegte er. Natürlich, aus der Horrorfilmkomödie »Tanz der Vampire«. Und wie dort verwandelten sich auch hier zwei zuvor unbelebte Wesen und bewegten sich aufeinander zu. Legle reichte Isolde Waller beide Hände und stellte sich vor. »Darf ich Sie zu einem Früchtetee einladen?«, fragte er, worauf sie den Kopf leicht senkte, errötete und ein »sehr gern« hauchte. Rosamunde Pilcher hätte es nicht kitschiger erfinden können, sinnierte Marlowski, der sich zugleich bestätigt fühlte: Die beiden passen zueinander in ihrer bizarren Art.

»Ja!«, rief da plötzlich Marblinger. Er hatte offenbar ein passendes Teil gefunden, worauf Marlowski dachte, wenn er in diesem Tempo weitermacht, muss er schon sehr alt werden, bis er sein Universum wieder zusammengefügt hat. Isolde Waller und Fritz Legle realisierten Marblingers Lebenszeichen gar nicht. Sie hielten weiter Händchen und strahlten sich an, wobei Isolde Waller in diesem Moment ihres neuen Liebesglücks natürlich nicht ahnen konnte, dass jemand anderer, der weit weg war, gerade an sie dachte.

Und Marlowski leider auch nicht, sonst wäre er sicher nicht länger so gelassen, ja fast schon fröhlich bei dieser Früchtetee-Liaison geblieben. Aber das Problem des Detektivs war es eben die ganze Zeit gewesen, dass er vor lauter Verdacht, in den er sich verbissen hatte, die Wahrheit nicht ahnen konnte.

*

Die Leserinnen und Leser dieser Geschichte sollen freilich nicht so ahnungslos bleiben. Aber dafür muss ich als Erzähler Sie alle jetzt mal schnell auf eine kleine Reise mitnehmen. Machen Sie es sich bitte im Salonwagen bequem. Und in fünf Minuten wird alles aufgeklärt, wie Hercule Poirot sagen würde. Na ja, in diesem Fall zwar nicht gerade alles, aber doch etwas Entscheidendes auf dem beschwerlichen Weg zur Wahrheit.

Siebzehntes Kapitel

Larry Heim – der Name gefiel ihm immer besser. Das klingt so nach dem unbekannten Dritten, den nie einer zu Gesicht bekommt. Und außerdem hatte er früher gedacht, als er Anfang zwanzig war, wenn ich mal einen Sohn haben sollte, dann würde ich den Larry nennen. Dabei hatte er damals schon die Eingebung gehabt, dass er niemals Vater eines Sohnes sein würde, und darüber sogar mit seiner Schwester eine Wette abgeschlossen. Den Einsatz wusste er gar nicht mehr, das war ja auch schon rund fünfzehn Jahre her. Vielleicht wars eine Kiste Sekt? Eigentlich hätte ich die Wette schon längst für gewonnen erklären und meinen Einsatz von ihr einfordern sollen, dachte er. Aber als Larry Heim ging das nun nicht mehr. Und für seine Schwester war er sowieso gestorben.

Was solls, dachte er, da kann sie sich wenigstens freuen, dass sie die Kiste Sekt gespart hat. Und er war darauf sowieso nicht angewiesen, absolut nicht. Nein, er hatte alles richtig gemacht, so seine Überzeugung, das große Los gezogen, nachdem er schon die Jahre zuvor eigentlich ein vergnügliches Leben geführt hatte. Aber jetzt? Man musste nur sehen, wo er war, bis wohin er es geschafft hatte! Er saß in einem Eiscafé in diesem Schweizer Nobelort in den Bergen und rührte genüsslich in seinem Cappuccino, beobachtete die Reichen und die Superreichen, die vorbeiflanierten oder in ihren dicken Autos vorbeibrausten. Prunk und Pelze und PS-Giganten, wohin er schaute. Das war jetzt seine Welt, denn er gehörte hier dazu, er war nun selbst ein Superreicher.

Als Mann muss man einfach Charme haben, gewitzt sein,

die Komplimente und Anspielungen zur rechten Zeit platzieren, dachte er. Dann haben die Frauen keine Chance, dann sind sie wehrlos, werden gefügig. (Anmerkung: Der Erzähler distanziert sich von dieser Sichtweise und bittet alle Leserinnen um Entschuldigung für dieses Macho-Denken des Larry Heim.)

Er hatte das selbst oft genug erfolgreich ausprobiert, hatte sich die Frauen im wahrsten Sinne zurechtgelegt, wenn ihm danach war. Ich habe halt ein Gespür dafür, wann eine Frau Sex braucht, dachte er selbstzufrieden. In seinem früheren Leben war das fast zu einer Art Sport geworden. Und genau zum richtigen Zeitpunkt hatte er dann diese Caroline Blateur kennengelernt, als er sich neue Ziele hatte setzen müssen.

Na ja, sie war sicherlich nicht ganz sein Typ, das musste er sich schon eingestehen, für seinen Geschmack etwas zu üppig am Po und an den Brüsten. Aber so, wie er sich kannte, würde es ihm sicher noch gelingen, sie zu überzeugen, dies von einem Schönheitschirurgen etwas nachbessern zu lassen. Und, ja gut, auch das musste er einräumen, im Bett quiekt sie mir etwas zu laut. Aber immerhin hat sie Humor, bilanzierte er auf der Habenseite. Und vor allem hat sie Geld – sprichwörtlich wie Heu. Damit hätte Dagobert Duck seinen Geldspeicher zweimal füllen können, dachte er und lächelte.

Eine gerade vorbeischlendernde Frau lächelte zurück. War das nicht diese eine Filmschauspielerin, rätselte er. Nein, wohl doch nicht, eher eine zu diesem Antlitz von einem Chirurgen zurechtgeschnippelte neureiche Russin. Aber sehr schön anzusehen! Was man aus Frauen alles machen kann, wenn man das nötige Geschick hat, dachte er wieder selbstzufrieden und lächelte noch mehr. Was die Chirurgen in den Händen haben, das habe ich anderswo.

So hatte er auch Caroline Blateur im Eilverfahren erobert. Und er hatte natürlich beherzt zugegriffen, als sich ihm diese einmalige Chance geboten hatte. Soll man denn als Mann nein sagen, wenn einem plötzlich die steinreiche Erbin eines Schweizer Großunternehmens zu Füßen liegt? Eine komplett rhetorische Frage, natürlich greift man da zu, sonst wäre man ja bescheuert, dachte er.

Und für ihn war das Eilverfahren der einzige Weg gewesen, aus seiner zunehmend komplizierter werdenden Situation herauszukommen. Als ihm Caroline zufällig bei einem Spaziergang am Ufer des Raußens auf Schweizer Seite begegnet war und er sofort bemerkt hatte, dass sie ihn anhimmelte, da hatte er sich instinktiv als Larry Heim vorgestellt, der Name war ihm spontan so eingefallen. Er hatte irgendwie gespürt, dass diese Frau sein Ausweg sein könnte – in eine strahlende Zukunft. Und mit seinem Jagdinstinkt, mit dem er in seinem früheren Leben innerhalb von einigen Jahren auf der Dauerpirsch neununddreißig Frauen »erlegt« hatte, war er diesmal mehr als goldrichtig gelegen.

Rückblickend musste er sich eingestehen, war es einfach ein Fehler gewesen, Isolde geheiratet zu haben. Klar, sie war eine wirklich hübsche Frau, das hatte eine Zeit lang auch richtig Spaß gemacht mit ihr. Aber sie war eben auch ziemlich unbeholfen und einfach langweilig. Andererseits: Wenn eine Frau Isolde Kleinschmidt heißt, was kann man da als Mann schon groß erwarten, dachte er. Da klingt der Kleingeist ja schon im Namen mit. Von sich aus wäre diese lahme Ente wohl auch nie auf die Idee gekommen, ihm diesen Detektiv an die Fersen zu heften. Sie war ihm ja komplett verfallen.

Da steckte bestimmt dieser Günstlinger OB Frank Schimmelmann dahinter, war er überzeugt. Denn dessen Ehefrau Eva hatte, nachdem er sie nur dreimal beglückt hatte, kalte

Füße bekommen und ihrem Gatten die Untreue gestanden. Aber der, als Mann von Rang und Namen und Politiker, hatte natürlich kein Interesse, selbst in die Schlagzeilen zu geraten. Und deshalb hatte er seine Isolde kirre gemacht, sie solle ihm nachspionieren lassen. Und die war halt so einfach gestrickt, dass sie das mitmachte.

Immerhin war sie aber auch tatsächlich so doof gewesen, nach seinem mit einem Narkotikum vorgetäuschten Tod tatsächlich den Bestatter vor dem Notarzt zu rufen, wie er es ein paar Tage zuvor von ihr verlangt hatte. Und quasi als Belohnung hatte sie dann seine Lebensversicherung kassieren dürfen.

Schnee von gestern, dachte Larry Heim alias Peter Waller. Diesen Käse habe ich hinter mir. Wobei nicht nur seine Bettgeschichten problematisch geworden waren. Als ihm der Detektiv zunehmend auf die Pelle rückte, drohte auch sein Handel mit Kokain in Stanz und Günstlingen aufzufliegen. Dabei war das System nahezu perfekt. In extra reißfesten Kondomen schmuggelten die Kuriere in ihrem Darm das weiße Wunderpulver ins Land. Die Firma Schlüpf hatte da nicht zu viel versprochen. Die Dinger waren wirklich extrem sicher und super belastbar.

Und sein Job bei der international tätigen Spedition bot die besten Voraussetzungen für den Import des in manchen Kreisen so begehrten Wachmachers. Er hatte schon damals satte Gewinne eingefahren. Und den Bestatter zu bestechen, der ihm seinen Tod bescheinigte und ihn abtransportierte, war ihm so extrem leichtgefallen: Der war schließlich selbst sein Kunde gewesen.

»Zahlen, bitte!«, rief Heim/Waller. Eine junge Bedienung eilte herbei. Die ist aber auch ein flotter Käfer, dachte er. »Das macht sieben Franken«, sagte sie, was für einen Cappuccino selbst in der Schweiz unverschämt teuer war. Ihm war das egal. »Machen Sie acht«, sagte er, legte einen Hunderter hin und fühlte sich sehr großzügig. Die Bedienung lächelte gelangweilt, als wäre sie Tausender gewohnt.

Er setzte sich seine Sonnenbrille mit den extra dunklen Gläsern auf. Als er über die Straße gehen wollte, fiel ihm plötzlich wieder die vermeintliche Schauspielerin oder verarztete Russin auf, die nun in der anderen Richtung vorbeischlenderte. Die ist schon wirklich extra klasse, dachte Heim/Waller und schaute ihr hinterher. Egal ob nun echt oder vom Chirurgen geschaffen. Die könnte ich mir vielleicht mal zum Nachtisch gönnen, dachte er, von sich selbst absolut überzeugt.

Doch dazu konnte es nicht mehr kommen. Denn im nächsten Augenblick war es um ihn geschehen. Heim/Waller hatte zwar sicherlich den Blick fürs Wesentliche gehabt, zumindest in gewisser Weise, aber dann doch im entscheidenden Moment in die falsche Richtung geschaut, und wurde von dem Ferrari, der gerade vorbeibrauste, voll erwischt. Für einen wie ihn war es ein angemessener Tod, von einem Supersportwagen in die sprichwörtlichen ewigen Jagdgründe befördert zu werden, hätte er vermutlich gedacht – wenn er noch hätte denken können.

Bodensee-Romane in der Edition Hochfeld

Galgeninsel – Schielins erster Fall

Die gefesselte Leiche des Immobilienmaklers Raimund Kandras wird am Ostufer der Lindauer Insel angespült. Kommissar Conrad Schielin stößt während seiner Ermittlungen auf eigentümliche Familienverhältnisse sowie auf düstere Ereignisse im Umfeld des Geschäftsmannes. Macht, Gier und illegale Immobilienspekulationen bestimmten das Leben des Toten. Auf einsamen Wanderungen mit Esel Ronsard findet Schielin die Ruhe, um über die Lösung des Falles nachzudenken.

J. M. Soedher, Kriminalroman, broschiert, 256 S.,
ISBN: 978-398102685 6, 9,95 € (D), 10,20 € (A)

Pulverturm – Schielins zweiter Fall

Vor dem Pulverturm in Lindau wird der Revisor Ottmar Kinker ermordet aufgefunden. Der Junggeselle lebte zusammen mit seiner Mutter und Schwester ein zurückgezogenes und unspektakuläres Leben. Wer hatte ein Motiv diesen Menschen zu töten? Schielin stößt bei seinen Ermittlungen auf mysteriöse Briefe aus dem Nachlass, sowie auf eine geheimnisvolle Frau aus Osteuropa. Und was hat der österreichische Zuhälter, der mehrmals Schielins Weg kreuzt, mit dem Fall zu tun?

J. M. Soedher, Kriminalroman, broschiert, 256 S.,
ISBN: 978-398102686 3, 9,95 € (D), 10,20 € (A)

Heidenmauer – Schielins dritter Fall

Im Schatten eines alten Ginkgo des Lindauer Stadtgartens wird der Journalist Günther Bamm erschlagen aufgefunden. Hat das Motiv für die Tat einen Bezug zum letzten Buch des Journalisten, in dem es um die Geschichte von Gemälden ging? Kann der Londoner Kunsthändler weiterhelfen, der im Hotel Bad Schachen weilt, und sich mit Bamm treffen wollte?

J. M. Soedher, Kriminalroman, broschiert, 256 S.,
ISBN: 978-3981026887, 9,95 € (D), 10,20 € (A)

Hexenstein – Schielins vierter Fall

Ein verlassenes Haus in Lindau. Wo sind die Bewohner – ein Ehepaar – geblieben? In Sorge alarmieren die Nachbarn die Polizei. Erst eine lange und intensive Suche führt zur versteckten Leiche des Mannes; von seiner Frau fehlt jede Spur. Die Ermittlungen konfrontieren Schielin mit schwarzer Magie, allerlei Zaubersprüchen und okkulten Praktiken. An der Spitze des Ganzen steht eine geheimnisvolle Führerin.

J. M. Soedher, Kriminalroman, broschiert, 256 S.,
ISBN: 978-3981026832, 9,95 € (D), 10,20 € (A)

Inselwächter – Schielins fünfter Fall

Sonnenaufgang in Lindau. Auf der Mole im Segelhafen liegt die ermordete Psychologin Dr. Agnes Mahler. Schielin und sein Team ziehen eine enge Schlinge um den Kreis der Verdächtigen und immer stärker rücken die Arbeitskollegen der Toten in den Fokus der Ermittlungen. Können die Beobachtungen des selbsternannten *Inselwächters* weiterhelfen, der mit wachsamen Augen in seinem Ausguck über dem Hafen thront?

J. M. Soedher, Kriminalroman, broschiert, 320 Seiten,
ISBN: 978-3981282078, 9,95 € (D), 10,20 € (A)

Hafenweihnacht – Schielins sechster Fall

Eine bitterkalte Winternacht dämmert dem Tag entgegen. Im Hafen von Lindau, und im Schatten von Leuchtturm und Löwe, wird die festgefrorene Leiche eines Mannes auf dem Anlegesteg gefunden. Kein guter Zeitpunkt, denn die romantische Hafenweihnacht steht kurz vor ihrer Eröffnung. Die Spuren am Tatort ergeben ein verwirrendes Bild der Tat. Zudem finden sich keine Hinweise, die die Identität des Toten klären könnten. Wer ist der Tote? Die Obduktionsergebnisse werfen mehr Fragen auf, als dass Antworten vorliegen. Was ist in der der Nacht im Hafen geschehen?

J. M. Soedher, Kriminalroman, broschiert, 320 S.,
ISBN: 978-3981464313 8, 9,95 € (D), 10,20 € (A)

Seebühne – Schielins siebter Fall

Sommer am Bodensee. Die Bregenzer Festspiele stehen kurz vor der Eröffnung und die Anzug-, Kostüm- und Hutdichte nimmt unter den Besuchern, Gästen und Touristen deutlich zu. Ein überraschend heftiger Sturm rast von Süden über den See, fährt barsch in die linde Stimmung und entwurzelt zahlreiche Bäume entlang des Ufers. Am Tag nach dem Wüten wird im Lindenhofpark die Leiche eines Mannes aufgefunden. Bald erfahren Schielin und seine Kollegen, dass sie es nicht mit einem Opfer des Sturms zu tun haben – der Mann ist vergiftet worden.

J. M. Soedher, Kriminalroman, broschiert, 354 S.,
ISBN: 978-3981635508, 9,95 € (D), 10,20 € (A)

Knochenmühle – Schielins achter Fall

Zwei Paddler entdecken weit vor der Lindauer Insel am Grund einer Schlamm- und Kiesbank ein gesunkenes Fischerboot. Es liegt auf etwa vier Meter Tiefe kieloben und ist halb von Schlamm und Geröll bedeckt. Sie scherzen noch über das zu erwartende Prisengeld, doch als sie das Wrack bergen wollen, kommt der Fuß eines Mannes zum Vorschein. Schielins neuer Fall könnte im Grunde schnell zu den Akten wandern – wären da nicht die zwei Einschüsse im Rücken des Toten.

J. M. Soedher, Kriminalroman, broschiert, 380 S.,
ISBN: 978-3981635584, 9,95 € (D), 10,20 € (A)

Villa Seewind

Die Geschwister Bender leben seit Langem ihr eigenes Leben an unterschiedlichen Orten und weit von ihrem Elternhaus am Bodensee entfernt. Zum achtzigsten Geburtstag der Mutter kommen sie dort, in der Villa Seewind, zusammen. Jonas Bender will die Gelegenheit der Zusammenkunft nutzen, um mit seinen Geschwistern über die Zukunft der Mutter zu reden, die seit geraumer Zeit vergesslich und unsicher wirkt. Besonders ist ihm an einem Austausch mit der ältesten der Geschwister Carla gelegen, die sich bisher einer Diskussion entzogen hat. Das Wochenende gerät zur Selbst- und Rückschau für alle Beteiligten – und am Ende steht ein so ratloser wie befreiender Abschied von der Vergangenheit.

J. M. Soedher, Roman, broschiert, 288 S.,
ISBN: 978-3981635560, 9,95 € (D), 10,20 € (A)

Michel de Montaigne – aus den süddeutschen Reisetagebüchern

literarischer Reisebildband, gebunden mit großformatigen Fotografien, 64 Seiten, ISBN: 978-3981026818, 15,90 €

Rosenträume am Bodensee

Fotokunstband mit 60 ganzseitigen Fotografien,
Leinenband mit Schutzumschlag,
128 Seiten, 17 x 24,5 cm, 21,90 € (D), 22,70 € (A),
ISBN 978-3-981464306

Verlag Edition Hochfeld

Thomas Zoch führt Leserinnen und Leser durch eine »voll frei erfundene« Kriminalstory, die irgendwo am Bodensee ihre Handlungsorte findet. Um welche Orte es sich bei Günstlingen und Stanz handelt, in denen Nudelfabrikanten ebenso heimisch sind wie Puzzlehersteller und die Erotikbranche, dürfen die Leserinnen und Leser selbst ermitteln. Thomas Zoch bietet eine unterhaltsame Sprache auf hohem Niveau, Witz, dazu einen skurrilen, bisweilen absurden Humor und einige überraschende Wendungen. Seine Protagonisten suhlen nicht in Grausamkeiten – vielmehr finden sie ihre Kriminalfälle jenseits blutrünstiger Taten: Absurde Straftaten wie der Raub von Wurst aus einer Metzgerei oder ein Dackel-Diebstahl sowie zudem diverse Ehebrüche halten Detektive, Inspektor, Polizisten und Leser in Atem. Ein dickes Ding eben – und der Nachschlag ist bereits geschrieben.

Thomas Zoch (* 1962) ist in Singen aufgewachsen und studierte an der Uni Konstanz Deutsch und Englisch. Nach Studium und Zivildienst war er zunächst als Journalist mit den Schwerpunkten Kultur und Sport tätig. Seit vielen Jahren arbeitet Thomas Zoch als Lokalreporter für den SÜDKURIER in Konstanz. Er ist zudem Gitarrist, Sänger und Songwriter in der Band »Velvet Bobs«. »Das dicke Ding« ist sein erster Roman. Thomas Zoch lebt in Konstanz.